서른,
나는 나에게로
돌아간다

서른,
나는 나에게로
돌아간다

신현림 지음

신현림 시인의
흔들리는 청춘들을 위한
힐링 응원 에세이

외로워도
가장 행복한
지금을 위하여

나는 어떻게 될까

내년이면 내후년 십년 후면… 살아 있을까

– 시 〈세상을 빠져나가기에 가장 행복한 때〉 중에서

빛이 안 보여 막막했던 내 서른 살을 생각한다.

가슴 속에 눈보라가 휘몰아친 그 애달픈 때를.

절망에 빠져 시 〈세상을 빠져나가기에 가장 행복한 때〉를 쓰던 서른
을 생각한다. 아무것도 가질 수 없고, 가진 것이 없다고 생각했다.

더없이 암담하고 불가해하고 불안한 서른이었기 때문이다.

그때 나는 진짜 보석인 젊음을 가졌음을 잊고 있었다.

세태를 탓하지 말고 생활의 조건을 불평 말아야 할 때, 외로워도 가장 행복한 때가 서른임을 이제 깨닫는다.

이제 나는 감성나이 서른 살로 돌아간다.
나는 늘 깊고 진하게 살고 싶었다.
그리고 유쾌하고, 따스하게 살고 싶다.
그래서 헤매고 쓰러져서라도, 언제나 나는 나에게로 돌아간다.
외로운 만큼 미치도록 탐구했고, 뜨겁게 사랑했다.

서른 살, 걱정 마.
그대도 깊고 진한 길을 가고 있어.
그대의 외로움, 괴로움, 두려움… 이 모두 제대로 잘 살겠다는 눈물겨운 몸부림임을 나는 알지.
서른, 그대들에게 나의 이야기로, 격려와 응원의 꽃다발을 아낌없이 바친다.

나이 들어서도 다시 돌아가고픈 감성나이 서른 살.

지금 어떤 마음으로 사느냐에 따라 인생이 달라진다.

서른 살의 고독과 불안을 잘 이겼기에 가난도 외로움도 축복이었구나… 이제 깊이 깨닫고, 기뻐한다.

생의 잔혹하고, 가혹한 때에 더없이 아플 수도 없이 앓으면서 얻은 깨달음들. 사람과 풍경과 책을 만나 얻은 삶의 진실들… 이 책은 이십대 때부터 중년이 된 지금까지의 내 귀한 성찰의 열매를 담은 치유성장 에세이《내 서른 살은 어디로 갔나》를 다시 다듬고 보충하여 감성나이 서른 살을 위한 책으로 개정하여 세상에 내놓게 되었다. 귀한 성찰의 열매, 그때의 비망록, 내 정신의 근원과 문학과 예술세계의 이야기가 인생의 후배들에게 작은 선물이 되기를 진심으로 바란다.

사람은 아주 늙을 때까지 배우고 늘 새로운 깨달음을 얻는다. 살아있음에 나는 하느님께 늘 감사드리며, 하늘나라에 사시는 엄마와 지금 내 곁에 살아계신 아버지, 그리고 부족한 엄마 옆에서 잘 자라주는 든든한 내 딸에게 큰 힘을 얻고 있음을 전하고 싶다.

이 책이 아직도 뭔가 삶의 중심을 못잡고 흔들리는 서른 살과 더욱 옹골차게 살아보려는 감성나이 서른 살들에게 뜻 깊은 책이 되기를 바란다.

2012년 겨울

신현림

차례

2부

사랑할
시간은
다시 오지
않는다

1부

그대
서른 살은
아름답다

그대 서른 살은 아름답다.
불안정 속에 안정을 찾아 가는 그대는 뜨겁다.
서른 살을 어떻게 보내느냐가
남은 인생을 결정한다.

열정과 격정에 차서 뜨겁게 빛나는
그대 서른 살은 항상 지금 이곳에 있다.
그대 서른 살을 보며 나도 그때로 돌아간다.
기성세대이길 거부했던 내가 좋아하는 선수들
랭보, 마르케스, 김수영, 백남준, 왕자웨이…….
나는 기성세대로 흘러가길 거부한다.

너도 늘 삼십 대의 마음으로 살고 싶으리라
그 어떤 어려움도 치열한 에너지를 만들 뿐
상처와 실패, 그리고 고난은 늘
영적인 내면의 삶과 깊이 이어져 있다.
지나 보면 그대를 창조적인 사람으로 만든
은사이고, 축복이리.

스물아홉,
나의
일기장

곧 서른. 나의 이십 대는 좌절과 헤맴으로만 끝날 건가.

뭐 하나 해 놓은 것도 없이 세월만 가니 하루하루 사약을 마시는 심정이다.

많은 생각들로 몸은 지쳐 있다. 천천히 잠들고 싶다.

창문을 살짝 열어놓고 나는 엎드렸다. 열린 문틈으로 갑자기 찬바람이 몰려 들어왔다. 순간 펼쳐놓은 책 종이가 바람에 사락사락 소리를 냈다. 나는 이 종이 소리가 참 좋다. 시를 쓸 때의 볼펜 소리를 닮았다. 사각사각. 시 쓰기만이 아니라 종이에 닿는 손의 감촉까지 기분이 좋다.

시를 쓰고 책을 읽는다는 것은 먹고 살기 바쁜 사람들에게 사치일지도 모른다. 그러나 시와 예술이 없는 세상에 나는 존재할 수 없다. 그것 없이 어찌 답답하고 지루한 시간의 냄새를 잊을 것인가. 누구라도 마찬가지다. 시와 예술, 책을 모르고 어찌 인생을 깊이 있게 살 것인가.

눈은 헐거운 수도꼭지처럼 눈물이 쏟아졌다. 왜 이렇게 자꾸 눈물이 날까. 이대로 내면의 인생 없이 매일이 거품처럼 사라질까 두렵다. 꿈만 꾸다 인생이 다 사라질까 무섭다. 이렇게 머뭇대고, 헤매다가는 내가 하고 싶은 공부를 이루기가 힘들다.

그날그날 살기 바쁜 사람들 속에 있으면 만원 지하철을 탄 것처럼 숨이 막힌다. 다들 자기 살기 바빠서 나를 이해해 주지 못하고, 또 그러길 바랄 수도 없다. 집에서는 그저 내가 살림만 잘하길 바랄 뿐이다. 조금씩 원망과 한탄의 감정마저 들끓기 시작하는 걸 느낀다. 하지만 이대로 끝날 수 없다. 결국 내 인생 내가 책임져야 한다. 집 안에서 시 쓴다는 사실을 크게 내색하지 않고 쓰리라 결심을 되뇌었다.

'지나간 나에게 안녕을 고하고 새로운 시작을 해야 해.

이 집을 탈출해야 해. 그 전에 나만의 방을 가져야 해.

당분간 로맨틱한 연애나 결혼은 보류.

많이 읽고 많이 생각하고 필사적으로 시를 쓰자.

삶은 매우 빠르다. 새로이 각오를 다지지 않으면 시간은 더 빨리 흐른다.

잘 살아지지 않더라도 최대한 살자.

아프지 말고 제발 잠 잘 자고 튼튼해라.

서른은 온다. 막무가내로 온다.

갈피 못 잡는 여자여, 부디 정신 차려라!

스물아홉 살 때 내 일기의 한 페이지다. 그때 나는 밀란 쿤데라의《생은 다른 곳에》를 읽고 있었다.

"인생의 기적이나 마찬가지로 축복들을 캐내는 유일한 길은 예술뿐이다."

이 대목에 빨간 줄을 긋고 나를 채찍질했다.

실업자인 나는 살림을 돕는 시간 외에는 한 평 반짜리 방에 틀어박혀 온 세상을 먹어 치우려는 듯 책을 읽었다. 매일 시를 다듬다 보면 어느새 새벽 5시가 되기 일쑤였다. 여전히 불면증에 못빠져나온 채로 라면을 끓여 먹고 아침이 되면 간신히 잠들 수 있었다. 좋아하는 그림들, 그리고 좋아하는 시들을 타이핑해서 줄줄이 벽에 붙여 놓고 누워 시를 읽고 또 읽다가 잠들곤 했다.

그렇게 책을 읽고 시 쓰기에 매진했다. 내게 시는 노동이다. 희열에 찬 영감이 올 때까지 기다릴 수만은 없다. 내가 영감을 찾아 나설 수밖에 없다. 헌 책방을 돌고 비디오테이프를 빌려 무수한 영화를 보고 무수한 자극을 받고 내 개성이 뚜렷한 시를 써나가기 시작했다. 무조건 한 달에 서너 편의 시를 초벌했다. 이후 끝없이 고치고 다듬었다.

내가 나라는 사실을 일깨우는 글쓰기.

사각사각 방 안에 펜소리가 울려퍼지며 내 서른 살의 아침이 투명하게 펼쳐졌다.

　　그렇게 나의 서른 살은 시작되고 있었다.

※

시간이 지나 저지른 일에 대한 후회는 진정될 수 있다.
그러나 시도하지 않은 일에 대해서는 위로할 길이 없다.
- 시드니 J. 해리스

나만의 방

스물네 살이 되어서야 내 방을 처음 갖게 되었다. 내 방이 없을 때, 그때 얘기를 하자면 한숨부터 나온다. 나만의 방을 갖기 위한 투쟁과 슬픔을 얘기하자면 따로 석 달 열흘의 시간이 필요하다.

스물네 살 늦가을. 20여 년 간 살던 한옥집을 허물고 새로 가게 딸린 양옥집을 지었다. 하지만 짓고 있던 2층을 군청에서 나와 건축 허가를 못 낸다며 모두 부수고 갔다. 그때 실의와 분노에 젖은 자식들을 달래며 아버지는 2층 한 구석에 몰래 가건물로 방 세 개를 만들어 세 딸에게 나눠주셨다. 가건물이었기에 얼마나 추웠는지 겨울이면 시베리아 다락방이라 생각하였다.

세상은 이렇게도 내 방 하나 얻기 힘든 곳이었다.

참 어렵사리 얻은 내 방은 두 평도 안 되었다. 참으로 작고 초라했다. 그러나 내게는 얼마나 소중했는지 모른다. 유리창을 열면 부곡 전철 역사와 철도 화물 기지의 수없이 많은 철로길이 뻗어 있었다.

그 철길은 슬프고 외로울 때마다 내 가슴을 달래 주었다. 서녘 하늘에 지는 노을은 내 시심을 뜨겁게 달구었다.

스물일곱 살 때 쓴 일기에 파스테르나크의 소설 《닥터 지바고》를 읽으며 내 방에서 바라본 그때의 철로변 풍경이 그려져 있다.

바람에 쫓겨 가는 구름들, 짙고 습습한 어둠의 냄새, 정차한 기차, 역사의 작은 불빛을 받으며 몰려가는 눈보라. 으르렁거리는 바람 소리에 이 작은 소읍이 들썩거린다. 숨 막히는 행복감이란 어떤 기분일까. 창을 통해 가늘게 흘러 드는 겨울바람. 기차 소리. 향수 짙은 울림이 가슴 밑바닥까지 휘저어 탐미적인 감성으로 달궈 가는 것. 적막하기만 한 방에 저 기차 소리가 울며 지나가면 그 어떤 그리움에 목 메일 때의 느낌 같은 것. 그렇다, 독서와 창작은 죽음만큼 어둡고 깊은 고독감을 신의 은총으로 바꿔 가는 노력이다. 이것으로 거룩한 습관이 된 불면증에서 나는 벗어날 수 있을까.

온 마음을 부드러운 전율로 이끌어 가는 책 한 권, 《닥터 지바고》를 다시 읽었다.

하루가 저물면 그들은 뜨거운 물로 실컷 몸을 닦았고, 라라는 카텐카에게 목욕을 시켰다. 황홀할 지경으로 깨끗한 기분을 느끼며 유리 안드레예비치는 창가의 책상에 자리를 잡고 행복감과 생명으로 호흡을 했다. 등잔의 불빛은 하얀 종잇장들 위에 보드랍게 노란 빛깔을 뿌렸고, 잉크 그릇에 담긴 잉크 표면에 금박을 입혔다. 바깥에서는 싸늘한 겨울밤이 파르스름했다.

한없는 깊이와 아름다운 문체에 가슴 설레도록 기쁘다. 뜨시다. 바로 내 옆에서 일어난 일 같다. 두 번 본 영화의 기억으로 독서의 속도를 빠르게 몰아가고 있다.

지금 그 방은 남동생의 짐으로 가득 차서 창을 열 수도 없다. 그래도 마음은 부드러운 스카프처럼 흘러가 그 창을 활짝 열어젖힌다. 노을 지는 철도 화물 기지의 장엄함……. 가슴 저리도록 기쁘게 맞이하고 있다.

⌘.

모든 상황이 선물이다. 나를 지지하는 친구, 나를 속이는 이웃,
미소 짓는 이방인, 친절한 사람, 사나운 사람, 내 기대를 충족시켜 주는 인물,
그렇지 못한 인물, 모두가 선물이다.
이 모두가 나의 미지의 영역을 발견하고 나를 변화시킬 기회다.
– 게리 주커브

불면증과
싸운
13년

스물아홉 살 무렵, 스물한 살 때 생긴 심각한 불면증을 앓고 있었다. 계속된 입시 실패로 인한 우울증이 끔찍한 불면증을 불러왔다.

수면제는 간신히 끊었지만 고통과 슬픔은 끝나지 않았다. 신앙심이라도 단단했다면, 등불처럼 나에게 길을 밝혀주었으리라. 나와 친밀한 누군가라도 있었다면…… 삶은 훨씬 나았으리라. 워낙 나 자신의 문제가 심각해서 우정에 섬세한 손길이 가닿을 수 없었고, 사랑이 지나간 자리는 추웠으며, 이루기 힘든 꿈에 대한 갈망은 절망과 함께 거칠게 불타오르곤 하였다.

3년간의 긴 재수 생활로 인한 스트레스로 생긴 우울증과 불면증을 이기려고 어쩌다 수면제를 먹은 것이 문제의 시작이었다. 수면제를 끊고 견디다 못해 결국 열흘 넘게 못 자다가 친구의 권유로 신경정신과에 다니며 치료를 받았다. 머리통을 깨부수고 싶은 마음이 들 만큼 늘 두통에 시달렸다.

어질어질하도록 먼 꿈은 더 멀리 달아나 나를 늘 슬프게 했다.

우울증에 걸려 자살한 사람들을 나는 깊이 이해한다. 그 고통이 참기 힘들어 자살을 결심했을 것이다. 끈질긴 근육통, 목이 부어 침을 삼키기가 힘들었던 많은 나날 동안 파스나 고약을 붙이며 통증을 잊으려 했다.

무엇보다 힘든 건 남은 멀쩡한데 나는 왜 이럴까 하는 외로움과 자책감이었다. 그때는 불면증 때문에 죽을지도 모른다는 생각을 했다. 그 생각은 고무줄처럼 늘어나 죽음의 향기 가득한 호텔에 갇힌 꿈을 꾸곤 하였다.

여행 예매 차표를 손에 넣듯이 알약을 들고
안개 속에 떠 있는 호텔로 간다

불면의 마술을 푸는 알약
렘브란트 그림같은 어둠 속에 눕힐 알약
소름끼치도록 희망차게
끝내 화합할 수 없는 알약들과

오래도록 연애를 했었다

알약들은 둥근 소파처럼 부풀어 나를 애무했다

   – 시 〈신경정신과 병원으로부터〉 중에서, 신현림 《세기말 블루스》

그때 나는 살아도 사는 게 아니었다. 우울증이 지나쳐 불면증이 되었고, 온몸에 바늘이 꽂힌 채 붕붕 떠다니는 느낌이었다. 그건 너무나 긴 장례식이었다.

완전히 망가져 버릴 듯한 외로움 속에서 병원 약 끊는 데만 4년, 불면증에서 완전히 벗어나는 데 꼬박 13년이 걸렸다.

지나 보니 불면증은 계속된 입시 실패와 이루지 못한 꿈과 욕망 때문이었다. 결국 시인으로 데뷔하여 하나씩 꿈을 이뤄가면서 불면증에서 차차 벗어나게 되었다. 그랬던 것 같다.

치유도 인생의 여유와 만족감 속에서 이루어진다. 나 자신을 느긋하게 풀어 놓을 수 있는 만족감 속에서.

✼

오늘의 나는 내 생각이 데려온 곳에 서 있는 것이며,
내일의 나는 내 생각이 데리고 갈 곳에 서 있을 것이다
– 제임스 알렌

백수
생활

"불행은 언젠가 잘못 보낸 시간의 보복"
나폴레옹의 이 말은 10년 동안
내 머릿속을 돌아다니는 송곳이었다
게으름을 피울 때마다
내 많은 실패를 돌아볼 때마다
송곳은 가차없이 찌르고 찔렀다

열심히 살지 못한 날들
실패가 청춘의 곡간을 망가뜨린 날들

꼭 실패로만 느껴져 슬퍼한 날들

치열한 반성이 없어 허물이 허물인지를

불행이 불행인지를 깨닫지 못한 날들

왜 뒤늦게 깨닫는가 상처는 스스로 만든 족쇄였음을

– 시 〈불행은 언젠가 잘못 보낸 시간의 보복〉 중에서, 신현림 《해질녘에 아픈 사람》

이 시를 쓸 그 당시 세상은 그토록 푸르고 아름다운데 나만 홀로 천천히 죽어가는 느낌이었다. 주체하기 힘든 인생을 어쩌지 못해 늘 불안했다. 서른 살이 오는 것이 무서웠다.

거듭된 입시 실패로 건강이 무너지고 자긍심도 깡그리 무너졌다. 바람 빠진 튜브처럼 우울한 나날을 보냈다. 그렇게 나의 이십 대는 상실감과 치가 떨리도록 싸웠다.

그러던 어느 날 문득 책상 정리를 하다가 옛 노트에 친구가 써 준 한 구절을 발견했다. 나폴레옹의 말이었다.

"불행은 언젠가 잘못 보낸 시간의 보복이다."

맞다. 모든 불행엔 충고의 송곳이 있었다. 자만하지 말라는, 마음 낮춰 살라는, 불행의 우물을 잘 들여다보라는 송곳이.

나는 내가 열심히 살지 못한 나날에 대한 대가를 치르고 있었다. 특히 청소년기에 멍하니 목적 없는 나날을 보낸 대가였다. 이후 밀려든 무서운 우울증. 그리고 불면증은 모든 일상을 엉망으로 만들었다.

그때 집 안팎으로 불안하고 어수선했다. 군부 독재 시절 민주 투사였던 아버지는 20년 넘게 형사에게 쫓겨 다니는 신세였다. 아버지가 국회의원 출마와 낙선을 거듭하는 동안 집안 경제를 짊어진 엄마의 자살 기도가 두 번 있었다.

자식들은 선거 때마다 불려 나가 선거 운동을 해야만 했다. 통일민주당 국회의원으로 당선되셨을 때 남매 중 내가 제일 미친 듯이 선거 운동을 했다. 마침 취직도 안 되는 백수라서 시간이 넘쳤으니 주어진 몫이 사남매 중에 제일 컸다. 온 지역구의 산과 산, 들과 들을 발이 부르트도록 뛰었다. 당시 내가 아버지에게 줄 수 있는 건 간절히 뛰는 손발과 마음밖에 없었다. 어떤 한 사람이 오직 한 길로 우직하게 살아왔다면 하늘도 감동할 텐데, 하물며 자식은 어떻겠는가. 죽어라 뛰어 도와야지.

선거 보름 전이었다. 아버지가 또 낙선하시면 이번에는 자살하실지도 모른다는 절박한 심정으로 나는 노트에 홍보 문구를 적었다. 아래 구절만큼은 지금도 기억한다.

"단돈 몇 푼에 시민의 양심이 팔려 나가고 있습니다. 어머니가 몸져 누우셔서 저희 사남매는 맨손으로 뛰고 있습니다."

돈이 없어서 복사를 해 버스 안에서, 길거리에서 돌렸다. 그 홍보물은 의외로 사람들에게 큰 호응을 얻었다. 그걸 읽고 운 사람도 있었다고 한다. 선거가 끝나고 아버지는 "다들 네가 쓴 홍보물을 칭찬하더라.

다음에 국회의원은 네가 나가렴" 하고 농담을 하셨다.

집안의 큰 풍파가 사라지면서 창작에 대한 열망이 용광로처럼 들끓었다. 나는 노래하며 기도했다.

"나의 시여, 나의 육체를 마셔라. 내 몸을 시로 바꾸어라. 내 몸의 굴뚝에서 피어오른 시의 흰 연기가 삶을 가득 채우게 하라/저 소용돌이치는 세상으로 나아가 따뜻한 영혼의 밥이 되게 더 많이 애쓰고 탐구하라/나의 시가 맑은 눈물이 되고 거친 바다를 밀고 가는 아름다운 언어의 배가 되도록."

무던히도 애쓴 열정의 나날들. 안개와 바람만 가득한 느슨한 분위기의 의왕읍에서 시인을 꿈꾼 과년한 처녀. 대학을 졸업했어도 취직이 되지 않았다. 일반 취직은 꿈도 꿀 수 없었다. 늘 집에만 있다 보니 자연히 어머니, 언니와 불화가 많았다. 무엇 하나 이룬 것 없이 공포와 두려움 속에서 백수의 서른을 맞았다.

자학과 자책 속에서 나는 책만 파고 또 팠다. 한 삽씩 흙을 퍼서 평생 저수지를 만드는 기분으로. 졸업해서도 대학 도서관을 드나들며 나는 세상에서 쓸모없는 존재, 지구 병동의 잉여 인간이 아닐까 회의했다. 하지만 나는 모든 어려움을 감내해 냈다. 내 가슴에 꽃이 넘치고 달콤한 향기 가득할 평화로운 날을 꿈꾸면서.

"방황하지 않기 위해 깊은 고독과 침묵, 그리고 집중이 필요하다."

커피보다 진한 침묵이 흐르는 방에서 고독한 집중력으로 내 작업을
일궈갔다.

✗
무슨 일을 할 수 있든, 무슨 꿈을 꾸든 일단 시작하라.
그대의 대담함에 재능과 마법이 있으니, 지금 사랑하라.
– 괴테

내
청춘의
푸른
노트

헝그리 정신

그때 나를 키운 것은 헝그리 정신이었다. 불면증의 고통도 나의 헝그리 정신을 무너뜨리지 못했다. 지금까지도 헝그리 정신은 나의 비장의 무기다.

노트

책을 읽으며 마음에 양식이 되거나 나를 깨우치는 글귀를 노트에 옮겨 적곤 했다. 그리고 간간이 떠오르는 상상과 단상도 메모했다. 그렇게 모은 노트가 열다섯 권. 깨알같은 글씨, 그 뜻깊은 글귀들이 그냥 버려지는 것이 아니었다. 몸 속에 마음속에 잠재 의식 속에 내 사고방식을 만들며, 더없이 아름답고 풍요로운 영적 세계를 가꾸었다.

라디오 데이스

내 고향 의왕은 난청 지역이다. 그래서 FM이 잘 잡히지 않는다. 시원찮은 라디오에서 유일하게 클래식 음악 프로만 주파수가 잡혔다. 클래식 음악을 듣다가 싫증이 나면 1천 원을 주면 살 수 있던 최신 팝송 테이프를 들었다. 백판을 사서 모으기도 했다.

　서른이 되어 고향집을 탈출했을 때 내가 원하던 라디오 프로그램을 비로소 마음껏 들을 수 있었다. 나를 위한 FM주파수들 그리고 '배철수 음악 캠프' 진행자와 작가가 바뀌지 않는 게 마음에 든다. 요즘은 다양한 프로를 종횡무진 오가며 듣는다. 심야에는 기독교방송과 평화방송을 주로 들었다. 내 인생, 라디오가 없으면 어찌 살까. 육친의 정까지 느끼는 라디오가 없으면.

제니스 조플린과 함께

나의 서른 살은 제니스 조플린을 빼놓고 생각할 수가 없다. 무덤을 파듯이 절망 한 삽, 우울 두 삽을 뜨며 쓰러졌다가도 그녀의 노래를 들으면 정신이 번쩍 났다.

　무덤의 흙을 털고 일어난 나의 육신. 조플린의 노래를 들으며 다시 희열과 열정에 뜨거웠던 나의 젊음.

비틀즈와 밥 딜런, 서태지, 프레디 머큐리

비틀즈와 밥 딜런의 노래로 내 생활은 마악 푼 밥같이 풍요로웠다. 조용필이 사랑의 온도와 이별의 쓸쓸함이 뭔가를 가르쳐 줬다. 서태지가 〈하여가〉로 가슴 북받치는 열정의 비단실을 뽑아냈듯, 나도 나만의 비단길을 일구고 싶었다. 비틀즈는 매일의 식사였다. 프레디 머큐리가 터져나오는 생의 외침으로 감동을 주었고, 이기 팝과 데이비드 보위는 심오한 목소리로 인생의 심오함, 신성함을 꿰뚫고 싶은 갈망을 일깨웠다. 스트레스 해소에 좋은 록 음악을 몸에 휘감고 그렇게 끝없는 열정으로 불 질러 가던 삼십 대.

왕자웨이, 에밀 쿠스트리차, 안토니오니, 우디 앨런

서른에 집 나와서 눈이 빠지도록 비디오를 보았다. 독서만큼이나 영화로 지루한 나날을 견뎠다. 어떤 날은 여섯 편, 보통 두세 편씩 보았다.

안토니오니의 〈구름 저편에〉, 존재 이전의 신비의 세계가 오래 기억된다.

왕자웨이, 이제는 아무도 얘기하지 않지만, 나는 그의 영화가 여전히 좋다. 감각의 성감대를 찌르고 핥고 부드럽게 매만지는, 그러면서 한없이 깊은 바닷속으로 가 닿게 하는 왕자웨이.

타란티노와 알모도바르의 강렬한 도발, 에밀 쿠스트리차의 울림이 큰 영화는 내 상상력의 지도를 넓혀 주었다. 허기진 가슴은 영화 이론 서도 마구 먹어 치웠다.

헌책방과 단골 서점

헌책방을 뒤지다 귀한 책들을 발견할 때의 기쁨. 그때 구한 자코메티의 회화로 만든 달력, 지금껏 내 집 책장 벽에 붙어 있다. 언제나 내 가슴속에 창조의 횃불을 지피는 작가들은 카프카, 도스토예프키, 마르케스, 나보코프, 네루다였다. 내 서재처럼 여기며 환희의 면적을 넓혀 갔던 단골 서점. 어머니 품속같이 푸근한 신앙 서적 코너를 들러 신의 성스러운 향기 앞에 서성이곤 했다.

여행 가방

삼십 대에도 여행 가방을 끌고 다녔다면 인생이 좀 더 가벼웠을지 모른다. 그때 나는 바퀴 달린 여행 가방에 책을 가득 싣고 전 세계로 여행을 다니는 꿈을 꾸곤 했다.

추억 상자

나의 서른 살 적 연애이야기를 담은 추억상자. 누구에게도 보여 주지 않을래. 은밀함 속에서 흰 빨래처럼 차곡차곡 쌓여진 기억들. 아무리 외롭고 아픈 시간의 바람이 불지라도 나를 키우고 만들어가는 이야기들.

재즈 댄스의 격정, 판소리, 기타

커다란 촛불을 안고 춤을 추는 기분⋯⋯. 아무리 격렬하게 춰도 촛불은 꺼지지 않았다. 서른한 살 때 6개월간 배운 재즈 댄스. 그 향기와 격정은 내 몸과 마음에 진하게 물들어 있다.

판소리의 가락이 그렇게 멋스러운지 몰랐다. 내게 녹음기 살 돈만 있었어도 판소리 수업 시간에 불렀던 춘향가를 다 외었을 텐데.

서른 초반까지 쓸쓸할 때마다 기타가 곁에 있었다. 사랑하는 이의 몸을 부드럽게 어루만지듯 내가 칠 수 있는 곳은 여섯 곡. 그중에 내 십팔 번 〈약속〉.

"어느 하늘 밑 잡초 무성한 언덕이어도 좋아 어느 하늘 밑 억세게 황량한 들판이어도 좋아."

이렇게 시작되는 노래를 들은 어느 분이 이렇게 칭찬했다.

"신현림 씨가 노래 잘 부르는 걸 아는 사람이 없더군요."

"후후, 전 이 노래밖에 못 해요."

낸 골딘과 사진기

단지 사진기를 어떻게 다루는지 알고 싶어 문화 센터 세 군데를 돌아다녔다. 고마운 스승을 만나 사진가의 꿈을 키우며 다닌 사진 공방. 서른 일곱에 대학원 사진과에 진학했다.

내게 영향을 준 사진가 낸 골딘. 자신을 솔직하게 보여 줄 수 있는 미국이란 사회가 부럽다. 적나라한 장면들. 그 어떤 짐승스러움이 서글프고 처절하고 신비롭다. 내용은 달라도 어떤 면에서 그녀의 사진 만큼이나 내 사진도 절절하고 열렬하기 바란다.

니코스 카잔차키스의 묘비명이 떠오른다.

"난 아무것도 바라지 않는다. 아무것도 겁나지 않는다. 나는 자유다."

카메라를 들으면 난 아무것도 겁나지 않는다. 나는 자유다.

�֍

어떤 길을 가기로 정하든
당신이 잘못했다고 말하는 사람은 꼭 있을 것이며
당신을 비난하는 사람들의 말이 옳다고 믿고 싶은 유혹에 시달릴 것이다.
행동계획을 세우고 끝까지 그 계획을 실천하기 위해서는
전쟁터에 나간 병사와 같은 용기가 필요하다.
– 랄프 왈도 에머슨

아픔을
꿰뚫고
가라

삶이란 자신을 망치는 것과 싸우는 일이다

망가지지 않기 위해 일을 한다
지상에서 남은 나날을 사랑하기 위해
외로움이 지나쳐 괴로움이 되는 모든 것
마음을 폐가로 만드는 모든 것과 싸운다

슬픔이 지나쳐 독약이 되는 모든 것
가슴을 까맣게 태우는 모든 것

실패와 실패 끝의 치욕과

습자지만큼 나약한 마음과

저승냄새 가득한 우울과 쓸쓸함

줄위를 걷는 듯한 불안과

지겨운 고통은 어서 꺼지라구

ㅡ 시 〈나의 싸움〉 중에서, 신현림 《세기말 블루스》

서른이 되자 야릇하게도 마음이 편해졌다. 인생의 목표가 분명해지고 시간을 놓치지 않겠다는 결심이 섰다. 나와의 싸움에서 지지 않으리라 다짐했다. 나약함, 우울함, 쓸쓸함을 뛰어넘자고… 나의 시 〈나의 싸움〉처럼. 목숨을 걸고 모든 장애물을 뛰어넘고자 애썼다.

머릿속에서도 꿈속에서도 나만의 시를 생각했고 몸속에 가득 채워지는 은은한 열기가 기분 좋았다. 내 노력이 자아내는 이 열기가 더 많은 축복을 안겨주리라 막연히 믿기 시작했다. 향기로운 아카시아 냄새가 하늘가로 퍼져 가듯 내 가슴으로 어떤 상큼하고 신선한 희망의 양 떼가 흘러갔다.

나는 랭보의 글을 밥을 먹듯 되씹었다.

"만일 모든 삶이 독특하다면 독특하게 살아가도록 합시다. 신선하고 새롭지 않은 모든 것을 우리는 거부해야 합니다. 철저하게 현대적이어야 할 필요성이 우리에게 있습니다."

나는 고통을 잘 통과할 수 있을까. 나는 바보같이 미리 염려하고 있다. 불확실한 내일에 대한 두려움과 아픔을 잘 넘길 수 있을까 하고.

　열심히 읽던 헨리 나우웬의 책에도 밑줄을 그었다.

　"고통의 한복판에서 생에 몰입하는 것이 고통을 통과하는 길임을 배웠다."

　마침 도서관 창밖으로 비가 내리친다.

　내 손에 잡힌 물고기가 사르르르 빠져나가듯이 시간이 간다.

　나의 서른 살은 어디로 갔나?

　철조망 사이를 헤집고 피어나는 나팔꽃처럼

　슬프고 아름답던 내 서른 살은.

✼

두려움, 걱정, 근심, 행복,
그리고 끝까지 우리 안에 일어나는 모든 것과 함께하라
- 리처드 P. 굿슨

무인도에서
쉬다,
꿈꾸다

내 서른 살 초반의 실업자의 나날들은 아무도 만나지 못하고 집에서만
지냈다. 한 달에 한두 번 친구 두 명과만 전화 통화를 할 뿐이었다.

방은 우물 속처럼 어둑했고, 창밖으로 단조로운 바람 소리만 오갔다.
이렇게 고요한데 무인도가 따로 필요할까?

요즘 사람들이 무인도에 가서 일주일만 쉬고 싶다는 말을 많이 한다
는데, 나만의 방과 시간만 있다면, 그걸 잘 활용만 한다면 굳이 무인도
까지 갈 필요는 없으리라.

누구에게도 방해받지 않는 섬, 나도 남에게 기대지 않고 남을 힘들게
도 안 할 저만치 떨어져 있는 섬.

내 몸 하나 누워도 섬이 된다. 과거와 현재, 미래가 다 녹아버린 상태, 먹고 사는 문제, 자식 문제, 사랑 문제도 모두 뒤로 물러난 상태…….
한 달에 이틀만이라도 그런 시간을 갖고 싶다.

군산 소야미도, 통영 장사도, 신안 사치도, 여수 초삼도…….
며칠 전 한 일간지의 우리나라 무인도 특집에 나온 섬 이름이다. 이런 무인도를 찾아 며칠 지내는 게 요즘 범인들의 꿈이리라.
섬들을 차례로 떠올려 보니 이름만 발음해 봐도 한적하고 시원한 듯하다. 드넓게 펼쳐진 푸른 바다, 끝없이 출렁이는 물결, 그 위로 거대하게 열려 있는 하늘. 그 속으로 빠져들며 나를 잊어버리리라. 모든 생각이 반듯하게 정리되고 사람이 몹시 그리울 때쯤 섬에서 빠져나오면 된다. 단, 무인도를 떠날 때는 철저한 준비가 중요하다. 휴대 전화 통화 지역인지부터 먼저 확인할 것. 물은 필수.

다시 잠이 쏟아진다. 무인도를 그리워하며 나는 섬이 된다.
깊은 잠을 자다 깨다 해서 현실과 꿈을 구분할 수가 없다. 뭐가 뭔지 모르는 상태에서 분명히 느낄 수 있는 건 내가 숨을 쉰다는 것과 오늘은 휴일이란 점. 피로한 몸을 이끌고 어제 보다 만 비디오를 켠다.
〈러브 미 이프 유어 데어〉. 무척 마음을 끄는 동화적이고 판타스틱한 영화다. 비디오에 마음을 맡기고 핏줄 하나하나 느긋하게 풀고 화면을 바라본다.

　주인공의 어릴 적에 이루지 못한 꿈이 시멘트에 갇히는 것이다. 드디어 그 꿈을 이루는 영화 후반부. 운명의 여자 친구와 키스하던 공사 현장. 레미콘 트럭에 있던 시멘트가 머리 위로 쏟아진다. 가장 황홀한 몸과 마음을 멈춰 세워 통조림처럼 만들 수 있다니. 흐르기만 하는 삶 속에서 그건 얼마나 경이로운 일인지. 영화는 그 두 연인이 함께 노후를 보내는 장면으로 끝난다. 내게는 참 코끝 찡하고, 귀여운 영화였다.

　나도 그렇게 내 중년과 노후를 보낼 사랑을 만날 수 있을까. 만날 수 있다고 생각하면 반드시 만나겠지. 죽는다고 생각하면 죽고, 어떻게든 산다고 생각하면 살게 되듯이.

　앞으로 내 인생은 어떻게 펼쳐질까. 먹이 문제로 발등에 불이 떨어지면 사랑 문제는 사치가 된다. 언제쯤 거기서 벗어나 훨훨 나는 새처럼 가뿐히 날아오를 수 있을까.

✻

때때로 일에서 손을 놓고 휴식을 취해야 한다.
쉼 없이 일에만 파묻혀 있으면 판단력을 잃기 때문이다.
잠시 일에서 벗어나 거리를 두고 보면
자기 삶의 조화로운 균형이 어떻게 깨져 있는지 보다 분명히 보인다.
- 레오나르도 다빈치

서른 살,
미치도록
외로웠다
뜨겁게
공부하고
사랑했다

홈런을 날릴 때까지

서른 살에 어머니와의 불화 끝에 독립 선언을 했다. 내 인생 최대의 혁명으로 어머니가 주신 1천만 원을 들고 집을 탈출했다. 북아현동에서넉 달간 방 하나를 얻어 살다가 근처 호젓한 다락방으로 옮겨 4년을 살았다.

 서른에 취직한 첫 직장. 이때 다녔던 직장은 대전엑스포 조직위원회로 나는 홍보부 소속 홍보 자료 감수원이었다. 의왕에서 강남 삼성역으로 출퇴근만 왕복 다섯 시간. 밥 한 공기가 예사롭지 않았고, 돈벌이의고달픔에 뼈가 저렸다. 사람과의 접촉이 절절히 그리웠던 쓸쓸한 다락방 생활과 외톨이 직장 생활. 그냥 밀려갔다 밀려오는 파도처럼 내 생활은 아주 단조롭고 차가웠다.

내 인생에서 가장 춥고 외로웠던 그 다락방. 지나 보니 온몸 굽이굽이 흐르던 외로움은 지금의 나를 만드는 가장 중요한 재산이었다.

그때 직장에서 밀려난 후, 수시로 방 보일러가 고장나고, 추운 방에서 영양 부족으로 이가 흔들리고 썩는 줄도 모른 채 1년 가까이 실업자로 지냈다. 굶어 죽을지도 모른다는 공포와 불안감에 몸부림치던 잔상이 지금도 생생하다. 어떻든 간에 힘든 이 시절의 의미를 찾아야 한다는 신념 속에 나의 시는 달콤한 내일의 꿈속에서 흘러넘쳤다. 열렬히 창작의 곡창 지대로 밀고 나아갔다.

좋은 시와 음악과 그림에 전율하며, 더 많은 생각 더 많은 독서와 더 깊은 시에 몸부림친 세월. 그렇게 독신 생활은 향기로우나 처절해서 교도소가 따로 없더라.

나의 삶이 무모하고 쓸모없더라도 노력하는 과정에서 상처 받은 자신감과 자존감을 회복하는 일이란……. 강렬한 꿈을 안고 늘 나는 다시 일어섰다.

3일제 근무였던 직장 생활(출근은 일주일 중 사흘만 하면 되었다). 불면증으로 사흘은 꼬박 밤을 새우거나 두 시간 정도 자고 가까스로 출근했다. 토요일, 공휴일에는 외출도 안 하고 수많은 시집과 소설, 이론서를 읽고 공부하며 시만 썼다. 직장 동료가 말했다.

"언니는 그때 시에 미쳐 있었어."

그랬다. 시로써 예술로써 삶의 끝장을 보고 싶어 신들린 듯이 몰두했다. 매일 점심 시간과 퇴근 후에 직장 근처 대형 서점에 들러 시대의 흐름을 읽고 책을 살펴보았다. 그리고 메모했다. 이후 적응 못 하던 직장생활 3년. 부장이 바뀌고 얼마 안 있어 나도 잘리고 말았다.

실업자로 지내다 어머니가 한 달에 한 번 씩 주신 10만 원과 형제들이 주머니를 털어 준 돈, 글짓기 한 팀을 가르쳐 얻은 수입으로 간신히 목숨을 이어갔다.

지루한 세상에 불타는 구두를 던져라

스물여덟의 실업자 시절에는 문화센터에서 시를 배우는 게 꿈이었다. 대학 졸업 후 내 시를 읽고 얘기해 줄 사람이 없어 고민 중이었다. 마침 내게 맡긴 아버지 통장에서 시를 배울 돈만 찾아 문화센터에 등록했다. 나중에 통장은 빼앗겼지만 아버지는 충분히 이해해 주셨다. 나는 늘 일을 저지른 후 수습하는 식이었다. 서른셋에 카메라를 잃어버렸을 때도 집의 카메라를 갖다 쓴 후 나중에 고백한 바 있다. 설득하다 좌절당하느니 저지르고 용서받는 게 낫다는 게 나의 방식이었다.

이때 다닌 이승훈 시인의 시 창작 교실에서 모던하고 전위적인 시적 감각을 내 나름대로 익혔던 것 같다. 한 달에 한 번씩 모시는 초대 시인 코너도 좋았다. 특히 최승호 시인의 "일류를 꿈꾸지 않으면 절대 좋은 시를 쓰지 못한다"라는 말을 가슴에 깊이 새겼다.

이 시절에 같은 동네에서 알게 된 대학생을 통해 가장 첨단을 달리던 동시대의 세계 시인들의 시를 접했다. 이는 밤거리를 걷다가 보랏빛 라일락 꽃과 그 향기에 휩싸여 감격할 때와 같은 강렬한 기쁨이고 행운이었다. 그 시들을 알려 준 정동곤이라는 영문과 학생은 지금 어찌 사는지 궁금하다. 그때 만난, 가슴을 요동치게, 부드럽게, 사무치게 했던 외국 시들로부터 큰 자극을 받고 나만의 세계적인 좋은 시를 꿈꾸고 탐구했다.

첫 시집 《지루한 세상에 불타는 구두를 던져라》는 여러 신문의 호평을 받은데 반해 문학잡지 두 군데에서만 다뤄져 울분과 좌절에 파묻혀 마음은 잿더미가 되는 듯했다.

그나마 이승훈 시인의 "황홀한 내면 풍경과 외로움의 미학, 특이한 매혹의 시"라는 칭찬과 "거대한 내면을 지닌 이 불꽃 같은 시인에게 기대를 건다"는 서준섭 평론가의 평은 작은 위안이 되었다. 청춘을 바친 내 치열한 작업. 한 번 더 도전해서 인정 못 받으면 포기하자고 다짐했다.

좌절은 오기를 불렀다. 구름 속에서 소리치는 천둥처럼 거칠게. 세상이 아무리 학연, 인맥으로 얽혀 있어도 실력이 이기리라 믿고 공부했다. 일렁이는 햇빛, 상큼한 바람이 불어왔다.

첫 시집 출간 무렵, 뒤늦은 프러포즈로 내내 아쉬워했던 창작과비평사에 내 둘째 시집 원고를 제출했다. 지금도 내 시에 대한 애정과 칭찬을 아끼지 않으시는 시인 김사인, 고형렬 선배님과 책을 내준 창작과비

평사에 은인과도 같은 고마움을 느낀다.

시집 《세기말 블루스》로 나의 삶은 바뀌기 시작했다. 차가운 냉골에 불을 땔 때처럼 생에 따스한 흐름이 생겼다. 신촌 대학가의 큰 호응에 힘입어 그해 가을, 많은 주간지와 열두 개 여성 잡지에서 내 기사를 크게 다뤘다. 시집은 베스트셀러 1위를 했고, 지금은 스테디셀러로 꾸준히 나간다. 《세기말 블루스》 덕에 먼지 속에 묻힌 첫 시집 《지루한 세상에 불타는 구두를 던져라》도 살아났다. 어둠 속에서 잃었던 길을 찾은 것처럼 기뻤고, 그 길 위 가로수가 춤을 추었고, 내 가슴속으로 해와 바람이 쏟아져 들어왔다.

이후 밀려드는 청탁으로 즐거운 비명을 지르며 미친 듯이 작업했다. 사진가로 전업 시인으로. 덕분에 벌이도 나아졌다. 무엇보다 언제 불면증에 시달렸나 싶게 눕기만 하면 잠이 쏟아졌다. 뭉텅뭉텅 목화솜 같은 잠이 쏟아졌다. 허물을 벗은 것처럼 시원했다. 행복감이랄까 안도감이랄까 잔잔한 물 같은 평온이 밀려왔다.

불타는 구두, 그 열정을 던져라
지루한 몸은 후회의 쓸개즙을 토하고
나날은 잉어떼가 춤추는 강을 부르고
세상을 더럽히는 차들이 구름이 되도록
드럼을 쳐라 슬픈 드럼을 쳐라

여자인 것이 싫은 오늘, 부엌과

립스틱과 우아한 옷이 귀찮고 몸도 귀찮았다

사랑이 텅 빈 추억의 골방은 비에 젖는다

비 오고 허기지면 푸근할 내 사내 체온 속으로

가뭇없이 꺼지고 싶다는 공상뿐인 내가 싫다

충치 같은 먼 사내는 그만 빼버리죠 아프니까요

당신도 남자인 사실이 고달프다구요

인간인 것이 참 힘든 오늘 함께 산짐승이나 되어

해지는 벌판을 누비면 좋겠지만

인간이라는 입장권을 가졌으니 지루한 제복을 넘어

닫힌 책 같은 도시와 사람 사이에서

그 모든 것 사이에서

응시하고 고뇌하고 꿈꾸며 전투적으로 치열하렵니다.

– 시 〈지루한 세상에 불타는 구두를 던져라.1〉, 신현림

❀

20 세기 최대의 발견은
마음가짐을 변화시켜 그 사람의 인생을 바꾼다는 사실이다.
– 윌리엄 제임스

다시
시작하는
아침

마침 호남 땅에 눈이 내린다는 일기 예보를 들었다. 눈 내리는 풍경을
너무도 사진 찍고 싶었다. 그리하여 사진 찍는 후배에게 부탁해 떠난
여행. 후배가 운전하는 차를 타고 딸과 함께 서해 고속도로를 달렸다.
불혹이 되어 한 가지 결심한 게 있다면 아무리 먹이 버는 일에 쫓겨도
놀 때는 열심히 놀자는 것이다.

　나에게 '놀이'라는 건 촬영 여행이다.

　삶을 조금 느리게 사는 방법이다.

　느리게 살고 맘껏 놀면서 새로 구상하고, 꿈꾸고 다시 시작하는 것이다.

　가는 길목에 머문 무창포 앞바다와 춘장대 바닷가. 새로운 인생을 생

각하는 아침에 맞은 강풍. 강렬한 모래바람. 사막에 비하면 별게 아니겠으나 이렇게 부는 모래 바람은 생전 처음이었다. 몹시 신비로웠다. 변산반도 앞 바닷가로 나오자 날이 흐렸고 눈발이 날리기 시작했다.

내가 간절히 찍고 싶어하던 풍경이 눈앞에 펼쳐졌다. 해와 어두운 구름이 겹쳐졌다. 눈보라가 휘몰아치다 다시 해가 떴다. 기묘하리 만큼 흥미로운 날씨였다.

카스테레오에 내가 녹음한 음악 테이프를 틀었다. 차 안을 흐르던 그 많은 음악 중에 존 레논의 〈이메진〉이 풍경과 아주 잘 어울렸다. 어디를 봐도 신비롭고 아름다워 환해지는 나의 시선. 닳아 버린 천 조각처럼 몸은 힘이 없어도 머리는 맑게 깨어 어찌하면 이 아름다운 풍경을 카메라에 담을까 몰입했다.

내면에서 끊임없이 어떤 따뜻하고 촉촉한 물기가 샘솟았다. 누군가 내게 잘못한 일들도, 심지어 나 자신조차도 용서할 수 있을 것 같았다.

카메라 프레임 안으로 들어온 풍경과 지나간 세월이 오버랩되어 펼쳐져갔다. 그때 문득 이런 생각이 들었다.

'나는 어떻게 그 힘든 날들을 견뎠을까'

밥벌이가 힘들다는 말을 꺼낼 새도 없이 세월은 참 빨리 흘렀구나. 주체하기 힘든 거친 운명의 소용돌이 속에서 이제야 숨을 돌리기 시작했다.

머지않은 때, 빛이 쏟아질 즈음 참으로 사랑하는 누군가 내게 나타난다면 크게 울어 볼 수 있을까. 서로 자기 몸처럼 아껴 줄 이 없이 살아 내기는 쉽지 않다. 이것은 논리적인 설명이 힘든, 본능적이고 나약한 인간의 숙명이다.

변산반도에서 숙소를 잡았다. 여장을 풀고 비디오테이프를 돌렸다. 혁명가 체 게바라의 서른 살 적 초상을 로드 무비로 그린 〈모터사이클 다이어리〉, 그 영화 속에서 체 게바라는 이렇게 말했다.

"길 위에서 지낸 시간이 나의 인생을 송두리째 변화시켰다"

영화는 그가 직접 쓴 라틴 아메리카 여행기를 바탕으로 했다. 스물세 살의 평범한 의대생이던 그가 아르헨티나에서 대서양 연안을 따라 칠레까지 남미 전역을 여행하며 혁명가로 변하기까지의 과정을 잘 보여준다.

편협한 지역주의에 사로잡힌 불평등한 세상에 대한 통절한 느낌과 새로운 세계에 대한 갈망이 그대로 나에게 스며들었다.

영화가 좋아 여행 후에 같은 제목의 책을 사서 보았다. 시인을 꿈꾼 그답게 시적인 문장에는 호소력 짙고 아름다운 힘이 깃들어 있다. 체 게바라는 정말 멋진 사람이었다.

우리의 살림살이와 생활은 늘 부족하다. 누구라도 완벽한 만족이 없다.

그러나 시인 로버트 브라우닝의 말대로 '부족한 것이 넘치는 것'이다. 부족함을 느낀다는 것은 정신을 풍요롭게 채울 여백이 남아 있다는 의미다.

"리얼리스트가 되자. 그러나 가슴속에는 불가능한 꿈을 갖자."

체 게바라의 말대로 불가능을 가능으로 바꿔 가는 것이 인생 아니런가.

그러고 보니 지난 시간들은 불가능을 가능으로 바꾸기 위해 몸부림친 나날이었다. 생생하게 기억난다. 그 어느 때보다 열렬했던 독서광 시절이. 내가 궁금해 하고 보고 싶어 하는 모든 것을 책 속에서 발견한 시절이.

먹을 때, 전철과 버스, 길에서나 그 어디에서나 시를 읽고 미친 듯이 책을 독파해 나가던 서른 초반. 어느 것 하나도 놓치지 않으려는 깨어 있는 정신 속에서 내가 생생히 살아 있다는 기쁨을 누렸다.

그때 나를 사로잡은 것은 시를 쓰겠다는 신념과 정열뿐이었다. 나를 지상에 단단히 묶어 두기 위한 유일한 방책이었다. 물러 터지고 의지박약했던 내가 잘 여문 과일처럼 단단해지는 쾌감을 맛보며, 지금 나는 책이라는 신비한 바닷속으로 헤엄쳐 들어간다.

✾

무슨 일을 할 수 있든, 무슨 꿈을 꾸고 있든 일단 시작하라.
그대의 대담함에 재능과 마법이 있으니, 지금 사랑하라.
- 괴테

고독이라는
선물

외로워서 눈물 뚝뚝 흘려도 아무도 내게 와 주지 않는다.

내가 먼저 가고 싶어도 전화로 손길이 가지 않을 때, 언젠가 사랑하고 사랑받은 추억이 아무 위로가 되지 못할 때 가슴은 얇디얇은 모조지가 된다.

가슴 저미도록 외로워하다가 돌아가는 곳은 광야처럼 넓기만 한 가슴뿐이다. 외로워하다가도 매번 자신에게로 돌아온다. 인생은 이러한 상태의 반복이다.

오늘 폭우에 다 쓸리어 가버린 집처럼 가슴이 몹시 허전해서 후배에게 전화를 했다.

"왜 이리 인생이 쓸쓸한 거니?"

"언니, 나도 어젯밤에는 너무 외로워서 눈물이 나더라."

"우린 고아도 아닌데 말이야."

나만 외로운 게 아니란 말이 반가웠고 든든한 동료애로 우리 사이가 더 도타워진 기분이 들었다. 너무 외로울 때는 누군가에게 외롭다고 탄식을 터뜨리고, 체온이 그리우면 그립다고 표현하고픈 때가 있다. 그렇게 하는 순간 외로움의 껍질이 살짝 벗겨지고 가슴이 조금 편해지니까.

"언니, 계속 비만 오니까 밖에도 못 나가고 집이 감옥이야."

"독서에 빠지거나 일에 몰두할 때는 이 감옥이 은총인데 말이야."

우리가 너무 외로워하는 것은 아닐까 이렇게 스스로 질문하니 한 일화가 떠오른다. 두 죄수가 감옥의 작은 창문으로 바깥을 내다보았는데, 한 죄수는 보기에도 언짢은 진흙탕을 보았고, 또 한 죄수는 별을 보았다는 얘기. 주어진 장소를 즐기려 하면 살 만한 곳이고 밖으로 나가려고만 들면 지옥이 된다.

다시 차분히 마음을 가라앉혀 본다. 젖은 숲이 느껴지고, 비를 휘휘 젓는 바람 소리가 들리고, 먼 하늘이 가까워진다.

고독은 어떻게 쓰느냐에 따라 그 맛이 다르다. 쓰디쓴 고독이 있는가 하면 달디단 고독도 있다. 혼자만의 시간을 야무지고 알차게 쓸 때 고독은 초콜릿처럼 달콤하다. 고독은 고난만큼이나 인생을 변화시키는 좋은 것이라는 사실을 우리는 곧잘 잊는다. 위대한 예술가나 정신적인 스승들은 많은 시간을 혼자 지냈다. 이를 보면 고독은 저주가 아닌 은총이다.

노력할 줄 아는 것이 재능이듯 고독할 줄 아는 것도 능력이다. 이해심, 섬세하고 다양한 느낌들, 기억과 추억, 발견과 깨달음, 결심, 일의 순서 매김 등은 모두 고독 속에서 일어난다. 고독이 짐스러울 때는 더없이 괴롭고 겁나지만 결심해서 얻은 고독은 선물이다.

"사람이란 동물은 혼자만의 시간을 필요로 한다. 사람이 배려와 비타민, 운동과 칭찬을 필요로 하는 것만큼이나 중요하다"라는 팰리스 매킨리의 말을 새겨 둘 필요가 있다! 인생의 성공은 여러 가지 일들 사이사이에 휴식이나 여유가 있느냐에 달려 있다.

이렇게 고독의 속살을 다 보고 다 알면서 우리는 만날 쓸쓸해 하고 누군가를 그리워한다. 그리운 누군가를 끌어안고 있으면 외로움은 아이스크림처럼 녹아버릴까. 글쎄, 순간이지만 좋아하는 사람이면 극락이고, 막 좋아하지 않더라도 연민의 연옥은 되지 않을까.

사람의 외로움은 사람만으로 채워지는 게 아니리라. 외로움의 한계를 넘어야 영혼의 눈이 뜨이고, 더 큰 사랑을 만날 수 있으리라.

✼

고독은 더 위대한 우정을 위한 토양이며,
더 깊은 인연을 맺기 위한 교양 쌓기다.
– 도리스 그럼바흐

사람은
평생
천
번
넘어진대

빌려 온 만화를 뒤적거리다 스위트 박스의 노래를 들으며 일을 한다. 일에 몰입하면 아무것도 필요 없다, 혼자서도 충만하다. 그러나 해 질 무렵이나 바람 불고 눈 내리는 날이면, 누군가 내 곁에 있어 주길 얼마나 바라는가.

아무도 없을 때, 길가 레코드 가게에서 나직하게 흘러나오는 추억의 팝송은 말할 수 없이 슬프다. 그리움에 사무쳐 울컥 울음을 쏟아 내고 싶다. 산다는 건 간간이, 때로는 수시로 덮쳐 오는 그 울음을 웃음으로 바꾸는 것. 지루한 일상을 신선한 그 무엇으로 바꾸려고 애쓰는 것.

어제 아주 재미있는 일화를 읽었다.

1830년대와 1840년대에 돈을 벌기 위해, 부모보다 더 나은 삶을 위해 수많은 청년들이 파리로 몰려들었을 때다. 그들 중 파리 한쪽에 일반인의 상식과 다른 행동을 하는 괴짜들이 있었다. 집시를 의미하는 보헤미안이라 자청했던 이 괴짜들. 그 일부는 기이한 행동으로 유명세를 얻기도 했다. 시인 제라르 드 네르발은 자신이 애완동물로 기르던 바닷가재와 함께 산책을 다녔는데, 이에 대한 설명이 재미있다.

"바닷가재는 짖지도 않고 심해의 비밀을 알기까지 하오."

설명이 얼마나 매력적인지. 이런 기행은 삶의 신선도를 유지하려는 충만한 의지다. 익숙하다 못해 지루하고 답답한 일상을 조금이라도 바꿔 보려는 것. 식사할 때 식탁 위에 오른 청어나 굴비를 먹으며 네르발처럼 생각하기. 푸른 바다의 비밀을 알고 있는 물고기를 먹는다고 생각하면 먹는 일이 훨씬 즐거울 것이다.

정말 힘겨울 때 시원한 프리 킥 골이 골문에 날아들 때처럼 이런 재미있는 일화는 마음을 부드럽게 감싼다. 잔잔한 꿈과 용기를 준다.

불행과 고통스러운 일에도 배울 게 있고 깨우침이 있다. 그 어떤 좌절감이나 패배 의식이 생겨도 잠시일 뿐. 절망감이 오래 지속될수록 몸에 좋을 건 없다.

사람은 일생 동안 천 번 넘어진다. 아프고 힘들어도 다시 일어설 때마다 생기는 지혜나 통찰력으로 삶은 더욱 빛나 열렬히 살고 싶어진다.

나쁜 말, 나쁜 생각은 불행의 불씨를 키운다.

"나이를 먹어서", "되는 일이 없군!", "지겨워" 이런 기운을 다운시키는 말은 나쁜 영향을 준다. 어쩌다 한 번이면 시원하나, 반복되면 좋을 게 없다. "살 만큼 살았잖아." 이것도 운명을 좌우하는 말이다. 한 예로 내 동창의 시아버지께서 지나가는 말로 "난 살 만큼 살았다"라고 하신 지 얼마 안 되어 교통사고로 사망했다.

말은 저마다 기운을 가진다. 나쁜 말은 나쁜 기운을, 좋은 말은 좋은 기운을. 웨인 다이어의 말을 곱씹어 본다.

"스스로를 행운아로 생각하자. 사실 인생에서 우리가 소유하는 모든 것은 다른 사람들의 노력 덕분이다. 가구, 집, 의복, 정원, 우리 몸까지, 어떻게 생각하면 모두 선물이다. 이런 사실을 매일 기억한다면 감사의 마음이 들기 시작하리라."

그 무엇 하나 혼자 이루어진 것은 없다는 얘기다.

살면서 천 번을 넘어져도 함께 살아가는 이들의 사랑이 있어 천 번 다시 일어난다. 나는 이 사실을 잊지 않으련다.

더불어 맞는 봄은 그래서 더욱 따뜻하다.

✁

고통을 주는 것들은 항상 뭔가를 가르쳐 준다.
– 벤저민 프랭클린

상실에
저항하는
것들

며칠째 비가 내린다. 거칠게 부는 비바람 속에서 마당의 화초들은 저마다 힘차게 꿈틀대고 가지를 휘저으며 요동친다. 어쩌면 이토록 사무치게 비가 내릴까.

마당이 있는 집의 비 내리는 풍경은 꽤 운치가 있다. 그 한적한 풍경을 보노라면 아름답고 애잔하여 가슴이 저민다. 잘못하면 깊은 외로움에 빠지기 십상이다.

격렬하면서 빛나는 빗방울을 즐길 새도 없이 잔뜩 웅크린 채 혼란스러운 마음을 가라앉힌다. 우르릉 쾅, 천둥이 치고 번개가 허공을 찢는다.

빗소리에 섞여 내리는 러시아 음악 한 묶음. 언제 들어도 좋다. 서글

플대로 서글픈 러시아 음악과 그 음률에 끌려오는 작가들……. 겨울에 읽기 좋은 도스토예프스키, 파스테르나크, 그리고 러시아 문학을 경배했던 카뮈와 평생 함께하리라 다짐했던 내 스물아홉 살의 겨울이 너울거린다.

"인간은 행복 이외에 그것과 꼭 같은 무게의 불행도 필요하다"라는 도스토예프스키의 말이 빗소리와 함께 떨어진다. 와인을 마시던 중에 이 글은 아주 가까이 빛으로 다가왔다. 천천히 내 마음에 푸른 보리밭을 볼 때와 같은 평온을 가져다준다.

마침 자정이 다 되어 갈 무렵 걸려 온 전화 한 통. 몹시 기뻤다.

"너, 나 안 보고 싶냐?" 하는 첫 마디.

한동안 연락을 안 했더니 친구가 내 생각이 났나 보다. 내가 주로 연락하는 사이였다. 좀 괴팍할 때도 있고 난감할 때도 있지만, 속마음의 깊고 따뜻한 구석이 마음에 들어 먼저 안부 인사를 하는 사이다.

'후후, 녀석이 먼저 전화하는 날도 있다니.'

사람 사이에서 정성을 들이면 이런 재미있고 즐거운 날도 있나 보다.

축복은 노력하는 자의 것이고, 마음 안팎으로 자기를 살펴 긍정적으로 나아가는 자의 것. 너무 당연한 얘길 했나. 내가 주로 연락하던 사이라면 연락을 안 하면 언젠가 꼭 연락이 오긴 한다. 그래서 배짱 있게 오면 오고, 가면 가라는 태도도 필요하다!

사람들과의 관계 속에서 희망을 발견한다. 아무리 외롭고 불행하더라도 우리 삶이 가치 있음을 알려 준다. 책의 좋은 글귀에서, 미소에서 희망을 발견한다. 생활이 힘들 때도 있지만, 주변 사람들이 있어 인생이 따뜻하다. 따뜻한 정도가 아니라 큰 위로가 된다. 마음으로 스미는 인간관계를 꿈꾸는 것도 상실감에 저항하는 몸짓이리라.

나이 들어서 가장 무서운 것은 외로움이라고 한다. 친구들은 죽고 가족도 뿔뿔이 흩어지고 몸은 움직이기 힘들고 여행도 힘들어진다. 외로움은 말을 하지 않게 하고, 말을 안 함으로써 뇌 기능의 퇴화를 가져오고 정상적인 사고도 어려워지며, 아주 별일도 아닌 것을 크게 보고 사람들에게 적대감을 느끼기도 한다. 무기력과 체념, 불신감, 슬픔, 그리고 가장 무서운 결과인 우울증이 나타난다.

오래된 발 매트가 빛 바래고 삭아 가는 느낌처럼 아프게 다가오는 시간. 상실감으로 몰아가는 세월이나 시간에 닳아 가는 느낌에 저항하는 것이 삶일 텐데……. 예민하고 또렷해지길, 어두워서 묻히기보다 빛처럼 눈부시기를.

내 첫 시집 《지루한 세상에 불타는 구두를 던져라》에 있는 시 〈창〉을 쓰던 서른한 살 때의 외로움과 지금의 외로움은 또 다르다. 서른한 살의 외로움은 지나 보니 축복이었다. 너무나 고통스러웠는데, 다락방에서 외로워 몸부림쳤던 나날들, 그 고독의 시간들 덕분에 내가 있다.

이상하지요 비통하도록 아름다운 것을 보면

온몸이 대책 없이 부풀어 올라요

터질 것 같은 애드벌룬처럼 말이죠

적요한 방과 흰 에나멜로 칠한 문, 가구의 나무 냄새

오후 여섯 시 회사 복도에서 본 창밖의 세계

이미 없는 푸른 물의 기억이라든가

장례식 행렬 더럽혀진 작업복

겸손히 흐느끼는 굽은 등과 빵 같은 아가

아, 은밀한 침묵에 싸인 책장 그리고

몸서리치는 은사시나무 나뭇잎

상실에 저항하는 것들…….

그러나 지금은 그때의 고독한 시간으로 돌아가고 싶지 않다.

거의 혼자였기 때문이다. 다들 시집을 가서 친구도 하나, 후배도 하나.

소통할 수 있는 루트가 너무 없었다. 공포에 가까운 외로움. 참으로 징글징글했다.

외로움은 상실감의 일종이다. 이보다 더 무서운 건 어느 날 갑자기 아는 사람이 죽고, 어느 날 인간관계가 깨지고, 소중한 그릇이 박살이 나는 상실감으로 이에 비하면 강도는 약하다.

좋은 관계가 갑작스레 깨지거나 일이 잘 안 풀린 경우를 통해 나는 깨닫는다. 사람과 함께 있어 인생은 더 부드럽고, 함께 있어 웃음소리가 나비처럼 팔랑거리듯 기쁘다는 것을.

⌘

한 사람의 성격이 결핍과 시련, 고통 등에 의해 결정된다는 것을 알고 있다.
– 이창래

마음과
손길이
섬세해질
때
신을
만난다

평화방송 모 프로그램에 출연한 일이 있다. 진행자 신부님이 내가 스물
두 살 때 받은 영세명 '로사'가 '기도의 향기'라는 의미라고 알려 주었
다. 기도 많이 해야겠다고 생각했다.

잘 살고 계시죠? 사실 만하니까 연락을 안 하시는 거겠죠. 어쩌면 너무 힘
들어서 그러신다면 제가 미안해지죠. 대부분 먹이 버는 것만으로도 벅차
고 불안하게 살고 있어요. 다들 인생의 십자가를 지고 살고 있으니 쓸쓸
해하지 마시고, 건강하고 사랑하는 식구들과 잘 지내세요. 샬롬.

한 선배에게 메일을 띄운 후 내 신앙에 대해 생각을 더듬어 보았다. 나는 지금도 교회와 성당 문밖에서 서성이고 있음을 고백한다. 이십 대 때 불면증이 너무 심해서 이를 지켜보던 친구의 권유로 성당을 다니게 되었다. 그때 나에게 성당에 나가라고 권해 준 예쁜 친구 용호는 어찌 지내는지 궁금하다. 예쁜 딸 낳고 남편과 행복하게 산다는 얘기를 들은 적은 있다.

그때 나는 영세를 받으면 참 많은 것이 해결될 줄 알았다. 그러나 그게 아니었다. 신심이 얕으면서 영세를 받았다는 자책감에 오히려 어깨가 무거웠다. 조그마한 죄들은 또 얼마나 많이 지었던가.

"죄 많고 부실하고 나약하기 그지없는 저를 용서하소서."

참으로 오랜만에 나 자신을 펼쳐 놓고 기도를 올린다. 쏟아지는 눈물로 눈이 벌겋게 부어 시야가 흐릿하다.

한 달 전에 불교에 관심이 많은 후배와 통화하다가 자식에게 가장 큰 선물은 신앙심을 심어 주는 거라는 얘기에 크게 고개를 끄덕였다.

인격 성장에 나침반을 마련해 줄 수 있는 것은 분명하기 때문이다. 누구나 가슴속에 정열과 희망과 기대와 두려움과 불안과 미움과 욕정, 선의와 악의가 뒤엉킨 채 머물고 있게 마련이다. 그것을 통제하고 균형 감각을 가질 수 있게 하는 힘이 신앙심이다.

내 나이 스물일곱 무렵, 신앙에 대한 고민이 말할 수 없이 컸다. 깊이 빠지면 오히려 그 안에서 자유롭다는데, 내 경우에는 시를 못 쓸 것 같은 기분이 들어 괴로웠다. 시를 쓰더라도 하나님에 대한 찬양 시만 쓸 것 같고, 오로지 죄의식의 돌덩이를 어깨에 지고 주체 못 할까 봐 겁을 먹었던 것 같다.

스물일곱 겨울, 나는 매일 간절한 기도를 올렸다. 기도도 나를 위한 것이 앞서면 하느님이 잘 들어주시지 않는다고 하여 되도록 나 자신을 위한 기도는 맨 나중에 하곤 했다.

어느 날 절박하고 절절한 심정으로 기도하면서 문득 강렬하고 신비스러운 느낌에 사로잡혀 오래도록 전율했다. 니코스 카잔차키스의 《영혼의 자서전》을 보면 "신은 부드러운 눈물이자 떨림"이라는 대목이 있는데, 바로 그런 느낌이었다.

그래도 한때 신앙에 발을 담은 경험 때문인지, 지금도 어떤 작품을 쓰든 마무리할 때는 하나님을 섬기는 마음 자세로 돌아가 가장 낮은 자세에서 원고 검토를 하곤 한다. 그리고 밤에는 내 딸과 함께 감사의 기도를 올린다.

내 얕은 신앙 체험이지만 인간이 신을 부인하고 멀리할수록 결코 사람에게 좋을 게 없다. 모든 종교가 그렇겠지만, 결국 성서에서 던지는 화두는 착하게 정직하게 사랑하며 살라는 것 아닌가. 세상엔 더없이 많은 책들이 쏟아지고 있는데 우리가 다 읽을 수도 없고, 시간도 없다. 그 많은 책들을 읽을 시간이 없으니 성서라도 읽고 산다면, 삶이 무엇

이며 어떻게 살아야 잘 사는지 분명히 알고 살 수 있으리라. 꽃 향기 맡
고도 감동하고 감사할 줄 아는 마음은 잃지 않으리라.

✻

사람들과 나누는 사랑의 즐거움 안에서
붉은 석양을 바라보며 느끼는 흥분 안에서
별빛을 바라보며 느끼는 감상 안에서
겨울 상록수의 가지마다 수북이 쌓인 흰 눈 안에서
그리고 보람찬 하루를 보내고
벽난로 앞에 앉아 휴식을 취하는 시간 안에서
우리는 하느님을 발견한다.
– 팰리스 매킨리

서른 살
때
마음이
인생을
결정한다

서른 살을 잘 보내야 그 다음 인생이 잘 풀린다.

지나 보니 나의 서른 살이 치열했기에 지금의 내가 있음을 깨닫는다. 그때의 마음가짐과 사고방식에 따라 인생은 차이가 난다. 마음이 나이를 결정한다. 자기 자신이 누구인가는 저질러 봐야 깨닫는다. 인생은 뜻을 품고 행동하는 사람에게만 응답이 있다. 자신의 열정을 가슴속에 묻어 두지 말라.

꿈을 이루려면 낭비할 시간이 없다. 미치도록 하는 거다. 뭔가에 미치지 않고 어떻게 인생을 산다 말할 수 있을까.

우리 인생에서 실패나 고난의 필요성을 받아들여라. 구질구질하고 얼룩지고 닳아가는 것들을 인정하라.

반복되는 일상과 감정에 파묻혀 살다 보면 내가 왜 사는지, 어디로 흘러가는지 잊고 만다.

여기서 자신의 인생 목표를 분명히 할 필요가 있다. 나의 경우는 영혼의 성장과 성숙한 인간으로 목표를 정했다. 하지만 자주 목표를 잊곤 한다. 부단한 자기 성찰 없이 자기 훈련, 자기 영혼의 성장은 오지 않는다. 요즘은 신앙을 되찾아 진정한 삶의 의미를 깨닫는 기쁨을 맛보고 싶다는 생각을 한다.

불가리아 태생인 철학자이자 의학자, 언어학자인 줄리아 크리스테바. 그녀가 이렇게 말했다.

"침착성과 상식을 잃지 않기 위해서 예술이 필요하다"라고.

예리하고 명쾌한 말이다. 시와 예술을 즐기고 누리다 보면 침착해지고, 정신이 풍요로워지므로 당연히 상식을 잃지 않게 된다.

삶을 풍요롭게 하는 것과 만나라. 만족하고 사랑하라.

그 귀한 만남을 온전히 받아들이기 위해 감수성을 갈고 닦아야 한다. 진실로 사랑하기 위해, 사랑받는 사람이 되기 위해 노력하리라.

그런 다음 내 인생의 강령을 타이핑해서 마음에 새긴다.

– 미쳐야 이룬다.

- 실패와 고난을 다시 살 기회로 삼아라.
- 직관을 믿고 지를 때는 질러 버려라. 물러설 때는 뒤돌아보라.
- 쓸 돈도 없다 한탄 말고 재테크를 공부하라. 영혼의 재테크와 물질의 재테크를 함께 하라.
- 감사하고, 칭찬하고, 축복하라.
- 신앙을 가져라. 잘 믿기지 않아도 발을 담가보라.

✼

충분히 깊이 들어간다면,
그 일이 아무리 힘들어도 진실의 바닥은 발견한다
- 메이 샤르턴

내가
생각하는
서른
살

먹고 사는 일 외의 시간들을 정처 없이 다니거나 뾰족한 수를 꿈꾸거나 뭔가 재미있는 일이 생기길 기다리며 귀한 생의 시간을 허비하는 사람들이 많은 것 같다. 물론 나도 그런 때가 많았고 여전히 시간은 그렇게 빠져나가는지도 모른다. 하지만 인생에는 뾰족한 수가 없더라.

신념을 가지고 활력 있게 우직하게 일하기.

정성을 다한 후 마음 비우기.

이만큼 소중한 삶의 자세도 드물더라.

육체의 나이로 사람을 평가하는 시대는 지나갔다.

감성의 나이가 중요하다.

육체적으로 아무리 젊더라도 감성이 메마르면 이미 늙은 사람이다.

시를 읽고 예술을 사랑하는 자의 감성의 나이는 영원히 삼십 대다.

감성이 풍부하고 생동감 있는 정신력으로 빛나고 혼이 느껴지는 사람은 육체가 늙어도 늙은 것이 아니며, 병들어도 병든 것이 아니다.

사랑하는 영혼은 언제나 젊으며 영혼에 눈떠 자기 탐구에 끝없이 열정적인 사람은 늙어도 늙지 않으리라.

언제나 나와 그대들은 삼십 대로 살 것이다.

누구라도 간절히 원하면 삼십 대로 살리라.

이제 가난해도 돈에 억눌려 살지 않으리라.

'돈이 사람을 늙게 만든다'는 말이 있다.

돈을 벌겠다는 의욕은 삶의 열정과 능력을 키운다는 말과도 통한다.

진정한 삶의 자극과 매혹은 식지 않는 열정과 능력이다.

그대와 나는 소박하게 살며정신적인 가치를 최고로 여기며 살 것이다.

서른 살은 하나의 상징이다.

영원히 머물고 싶은 감성의 나이 서른 살.

2부

사랑할
시간은
다시 오지
않는다

사랑이나 우정이 잘 되어 가면
생각이 맑아지고
바위처럼 자기 존재감이 분명해진다.
세상은 더 넓게 보인다.
인생의 무게도 반은 준다.

사랑으로
신성함과 활력을 얻고
삶은 생생해지니 늘 뛰어들고 싶은 것이다.
사랑 없이, 시 없이, 오가는 인정 없이
산다는 건 생각할 수 없다.

나도 그대도
사랑이 없을 때조차
사랑의 날개를 접은 적이 없다.

어슴푸레한
것을
향해
이끌려
가다

아주 짧은 잠결에 깨어나 본 아침 바다. 이 풍경은 춥지만 얼마나 산뜻한지. 자연의 변화무쌍함은 대단한 것이어서 늘 날씨에 따라 가슴이 흔들리고, 울고 웃으며, 떨며 숨 쉬는지 모른다.

날씨만큼이나 기대와 우려, 슬픔과 기쁨을 가지고 들이닥치는 사랑의 감정, 사람마다 색깔은 다르겠지만, 누구나 막연하게나마 저마다의 사랑을 꿈꾸고 있다는 점은 비슷할 것이다. 네루다의 시를 읽으며 사랑에 대한 생각을 잠잠히 해 보았다.

아아, 불을 퍼뜨리는 카네이션의 화살이여,

나는 그대를 소름의 장미나 토파즈처럼은 사랑하지 않는다.

사람들이 무언가 어슴푸레한 것을 사랑하는 것처럼

나도 남몰래, 그림자의 영혼의 갈림길에서 그대를 사랑한다.

꽃을 피우지 않고 그 꽃의 빛을 몸 안에

숨기고 있는 나무와 같은 그대를 나는 사랑한다.

그리고 그대의 사랑 덕분에 나의 몸 안에서는

땅 속에서 떠오른 짙은 향기가 아련히 숨 쉰다.

왜, 언제, 어디인지 모른 채 그대를 사랑한다.

아무런 의문도 오만도 없이, 주저 없이 그대를 사랑한다.

다른 방법으로 사랑할 줄 모르므로.

이 시에서 "사람들이 무언가 어슴푸레한 것을 사랑하는 것처럼"이라는 시구가 마음에 와닿는다. 이는 또한 사랑의 핵심이 아닐까. 다 알면 뻔하고 심드렁해진다. 연막탄이 터져 연기가 다 사라지기 전 아련한 상태, 거기까지가 사랑의 신비가 아닐까.

그 사람을 다 알면 가슴 떨리는 열정은 식어가듯이 조금은 숨겨진 듯, 잘 보이지 않아야 매혹과 사랑이 남는다. 그러나 다 알아도 그 사람이 착하면, 오래 묵은 정이 있으면 신비를 넘어선 징한 사랑이 된다하더라.

어쨌든 솔직하게 사랑하되 다 보여 주지 말 것.

"의문도 오만도 없이, 주저 없이" 사랑하되 매력을 잃지 말 것.

이렇게 사랑에 대해 아는 게 많은 것처럼 보이는 자가 실전에 약할 수 있다. 이도 저도 머리가 아프다 싶으면 자기 생긴 대로 사랑하면 된다. "다른 방법으로 사랑할 줄 모르므로."

✳

사랑에 빠진 자의 삶 대부분은
고뇌와 불안, 두려움과 슬픔,
불평과 한숨, 회의와 걱정
아, 고통으로 가득한 내 가슴이여!
침묵 그리고 지루한 고독으로 이루어진다.
– 로버트 버튼

결혼을
꿈꾸는
이를
위하여

신발이 발에 맞지 않으면 그 즉시 버리게 된다. 양말이나 장갑도 짝짝
이만 남을 경우 얼마 못 가 버리고 만다.

나와 잘 맞는다는 것, 이것만큼 생활에서 중요한 게 있을까. 하물며 사
람이 결혼해서 얼마나 잘 맞아야 하는지 굳이 강조하지 않아도 되리라.

결혼하기 전에 서로가 잘 맞는지 따져 봐야 한다. 그렇지 않으면 결
혼 이후가 피곤하고 이혼은 미리 예약된 것이나 다름없다.

불행한 기혼자는 가장 쓸쓸한 독신자보다 더 쓸쓸하다.

내일이라는 희망이 사라진 채 암담하게 세월만 간다.

지금 이 시간에도 얼마나 많은 싱글이 결혼에 대한 고민들을 할까.

이는 죽는 날까지 지속되어야 할 결혼을 누구나 꿈꾸기 때문이다.

결혼이라는 말이 주는 꽃내음에만 도취되면 엄격함을 잃을 수 있다.

결혼에 대한 막연한 꿈만 갖지 결혼을 어떻게 지속시킬 것인가에 대한 구체적인 공부가 드물지 않나 싶다.

성인이 되기 전에는 결혼에 대해 생각하지 말라는 말이 있다. 성숙한 사람이라면 자신의 마음을 현명하고 엄격하게 다스릴 줄 알고, 결혼 이후 지속적인 사랑을 위한 준비를 할 것이다.

먼저 자신이 누구인지 잘 알고 혼자 있어도 외로움을 견딜 수 있는 자세가 필요하다. 그리고 데이트하며 조금씩 알아 가는 것만이 아닌, 실제 일상생활 습관과 방식이 어떠한지, 부딪쳤을 때 어떤 문제가 생기는지, 관계가 부드럽게 흘러가는지 하나하나 따지며, 서로 다른 면은 맞춰 갈 수 있는지 살펴야 한다.

상대방의 부모가 어떤지, 그의 아버지는 어머니를 어떻게 대하는지, 친구 관계는 어떤지도 반드시 살펴야 한다.

우정이 없는 사람은 화원에 꽃이 없는 것과 같다고 한다.

결혼 생활에서, 친구가 없는 배우자는 적잖이 부담스럽고 어느 순간 섬뜩할 수도 있다. 요시모토 바나나 소설에 나오는 "낙담한 사람과 같이 있으면, 건강한 사람이 탈이 난다"라는 말처럼 우울한 사람을 배우자로

선택할 경우 감당할 수 있으면 몰라도 필시 자신도 우울해지고 만다.

세상에 대해 기대하지 않으니 불행한 일이 있어도 무감각해진다.

그는 당연히 극단적으로 자기 중심적인 사람이라 세상으로부터 받은 좌절을 주로 남의 탓으로 돌리기 십상이다.

그리고 만남이 너무 빨리 진행될 때 경계해야 한다. 서둘러 관계가 진행되면 실패할 확률도 많아진다. 서로의 종교는 무엇이며, 경제적인 문제는 어떻게 풀어 갈 것인가, 집안과 집안을 어떤 관계로 어떻게 이끌 것인가, 취미를 어떻게 살리고 함께 휴일을 어찌 보낼 것인가에 대한 계획도 있으면 좋겠다.

의견 차가 크거나 자주 다툼이 일어난다면 서로가 잘 안 맞는 사람들이다. 이럴 경우 결혼하지 않는 게 상책이다. 결혼 초기에는 누구나 조금씩은 싸운다. 그러나 정도가 지나쳐 극단으로 치우치면 그 관계는 언젠가 끝이 난다. 주변에서 보면 부부 싸움의 뿌리는 오래된 남자 위주의 가치관에서 시작될 때가 많더라. 남녀 대우가 동등해야 세상이 바뀐다. 여성들의 그런 통절한 깨달음만큼 아직 남자의 의식은 달라지지 않았다. 그래서 이혼이 늘어난다고 본다.

물컹물컹한 상태나 고인 물처럼 오래된 습관은 위험하다. 결혼은 인생의 무게를 반으로 줄이는 일인데, 배로 무거워지는 건 서로가 살아온 문화의 차이가 크기 때문이다.

결혼은 서로의 존중에서 시작되고 유지된다. 결혼은 그냥 함께 살 만한 사람이 아니라, 그가 아니면 안 된다, 도저히 이 사람 없이는 살 수가 없다는 느낌이라야 한다. 실제로 사랑하면 그런 감정이 생기는 게 당연하다. 결혼을 통해 올곧고 아름다운 배필로서 성장하려는 열망을 품을 때 비로소 그 결혼이 화목하게 흘러간다.

지적인 배우자가 되어야 한다.

나 스스로를 존중하고 자신감을 갖기 위한 첫 단계로서 지적인 에너지가 필요하다. 지적인 사람의 두뇌는 지혜롭게 성적인 몸도 이끈다. 그래서 머리가 좋은 사람이 성적인 감각이 뛰어나다는 말도 있다.

캐럴 스트리너는 "내가 어떤 사람이 될지는 오직 사랑을 통해서만 알수 있다"라고 하면서 사랑에 관한 정의를 이렇게 말하고 있다.

사랑은 그가 행복하고 안전하다고 안심시켜 주는 전화 한 통을 애타게 기다립니다.

사랑은 외모가 어떻든 서로의 안에서 아름다움을 발견합니다.

사랑은 진정으로 마음을 씁니다.

사랑은 의지할 수 있는 믿음입니다.

사랑은 부드럽고 꾸준하게 품어 줍니다.

사랑은 몸에 좋습니다.

사랑은 끝이 없습니다.

폭신폭신한 위의 말씀처럼 자신의 적극적이고 사려 깊은 태도에 따라 사랑의 모습은 달라지리라. 부드럽게 꾸준히 정성을 다한다면 그 사랑은 끝이 없으리라.

⌘

결혼 전에는 두 눈을 커다랗게 뜨고 살피고,
결혼 후에는 한쪽 눈을 감고 살라.
- 토머스 풀러

명절날과
공휴일에
더
외로운
솔로들에게

마침 아파트 복도 창으로 지나가는 옆집 신혼부부가 보였다.

어쩜 저렇게 다정할까. 부럽다. 특히 토요일에 다정한 부부를 보면 솔로들은 조금 더 외롭다. 일요일보다 토요일 오후에. 어린이집이 다른 때보다 일찍 끝나거나 오로지 혼자서 애를 봐야 하는 공휴일의 쓸쓸함이 있다. 특히 명절날은 더욱 그렇다.

솔로처녀일 때도 솔로맘과 똑같이 명절과 공휴일에 더 외롭다.

외로움을 달래기 위해 흠뻑 책 냄새를 맡거나 비디오테이프를 빌리고 시장을 돌고 오거나 거울을 보고 웃거나 옷장정리를 하고 비디오를 혼자 돌리곤 하였다.

명절 전날 하루종일 진눈깨비가 날리던 때가 떠오른다.

지금도 추운 가슴을 안고 주말마다 고향집으로 가곤 한다.

밤길 위에 부는 바람따라 펄펄 날리는 눈을 보던 어제는 얼마나 가슴 사무치던지. 솔로의 가슴을 휘휘 저으며 불던 눈보라. 나도 힘들 때마다 저렇게 날고 싶었다. 아마도 사람들이 눈을 좋아하는 건 사뿐, 가뿐해 보여서가 아닐까.

아침에 일어나자마자 컴퓨터를 켜니 자살 소식이 네 건이나 있었다. 우리가 왜 살아 있는지에 대한 질문을 구하고 생의 목표를 분명히 할 때가 겨울인 듯하다. 어릴 때 아버지와 나눴던 대화가 떠오른다.

"생각하기에 따라 마음은 지옥도 천국이 될 수 있어"

"아버지 맛있는 거 사주세요. 마음이 천국이 될 거예요"

그렇게 얻어먹던 과자는 더 맛있었던 기억이 눈보라처럼 휘날려 간다. 마음이 지옥이 되어 우수수 낙엽처럼 떨어지는 자살자들. 사는 데 너무 지쳤고, 휴식이 그리웠을 거라고 이해해 본다. 나도 자살을 생각해 본 적이 많았으니까. 그 누구도 죽음을 생각할 테니까.

하지만 자살은 얼마나 무책임하고 이기적인지 이제는 안다. 사실 우리의 삶은 죽음과 친해지는 긴 여로다. 죽음을 생각하는 건 그만큼 삶을 사랑해서고 삶을 충실히 살겠다는 뜻을 되새기기 위해서이리라. 저 눈이 하얗게 불어갈 때 나의 죽음도 떠올리며 더 열렬히 삶을 살아 내리란 마음을 다진다.

솔로들도 언제든 더블이 될 날이 올 것이다. 그러기 위해 현실적인 노력이 필요하다. 그래서 내가 쓴 자기계발 계획서를 타이핑을 해서 냉장고에 붙여두었다.

국화꽃 한 다발로 방 안이 화사해지듯 마음이 산뜻해졌다.

1. 헝그리 정신, 유비무환의 정신으로 매사 최선을 다하라

2. 지인들에게 기쁨 줄 일을 찾아라

3. 의식주에 대해서 가장 단순한 생활을 가져라. 특히 거추장스런 물건들을 버리고 치워라

4. 발밑에 향기로운 땅을 느껴라 지치면 노래를 흥얼거리고 신나는 음악을 틀고 춤을 추면서 분위를 바꿔라.

5. 내일을 걱정하지 말라. 매 순간 새로운 마음으로 살라.

6. 누군가에게 향기로운 문자메시지나 메일을 띄우고 선물을 하고, 지인들에게 도움을 주는 사람이 되어라.

✂

더 이상 의미 없는 것에서 진정한 안정을 찾을 수 없다.
움직임 속에 인생이 있고
변화 속에 힘이 있기 때문에
모험적이고 극적인 것이 안정적이다.
- 엘렌 코헨

어서
당신
마음을
표현하세요

우리 시대의 가장 존경받는 영성에 관한 저술가 헨리 나우엔. 그는 가톨릭 사제이면서 캐나다 토론토의 라르시 공동체에서 정신 지체 장애인을 섬겼다. 그는 책에서 시험 합격이나 승진을 축하하는 것보다 생일축하가 더 중요하다고 말한다.

생일을 축하하는 말에는 "당신이 있어 감사합니다"라는 의미가 있다는데… 그렇다. 내가 살아 있는 기쁨도 그대가 살아 있기 때문이다.

왠지 생일은 아주 친하지 않고는 얘기할 수 없는 무거움이 있다. 함께 생일을 보내고 싶다는 얘길 하고 싶어도 상대 쪽에 부담이 될까 봐 아무 얘기도 하지 않고 그냥 쓸쓸히 혼자 보내게 된다.

．

물론 나도 지인들 생일을 기억하는 경우도 있지만, 잊고 지낼 때가 더 많다. 알면 반드시 축하해 주지만 이상하게도 생일을 묻는 일은 머뭇거리게 된다.

헨리 나우웬의 다음 말에 고개를 계속 끄덕인다.

아끼고 사랑하는 마음을 왜 그렇게 깊이 감춥니까? 문을 두드리거나 전화를 걸어 그저 안부를 묻거나 서로를 잊지 않았다는 것을 왜 알리지 않습니까? 따스한 미소와 위안의 말을 듣기가 왜 그렇게 어렵습니까? 선생님에게는 감사의 표시를, 학생에게는 칭찬을, 요리사, 청소부, 정원사에게는 고맙다는 인사를 하기가 왜 그렇게도 어렵습니까? 왜 우리는 더 중요한 사람을 만나거나 더 중요한 일을 하러 가기 위해서 서로를 모른 채 지나쳐 가야 합니까?

그의 글을 읽으면서 비로소 깨닫는다. 나 또한 나라는 껍질을 양파처럼 싸안고 드러내고 싶지 않은 것들이 얼마나 많은지를. 좋아하면서 상대 쪽에서 말하기 전에 말을 하지 않거나, 상대방에게 뭐든 주면서 나도 모르게 기대한 것이 있던가를. 예전보다 표현을 많이 하고 살지만, 그래도 표현 못 한 것이 많다.

'사랑해, 사랑해, 그대 없인 못 살아'

이 유치하면서 솔직한 말들을 생략하며 살았다. 누가 없어서 못 산다는 말만큼 거짓말도 없다지만 어느 순간 없으면 못 살 것 같은 기분이 들 때가 있지 않은가.

그리고 어느 날 내가 먼저 늘 연락해야만 연락이 되고 만나게 되는 인연에 대해 깊이 생각해 보았다. 큰마음을 가지면 아무 일도 아니건만 사람은 아주 사소한 일에 상처를 받는다.

상대방의 대답이 냉담하거나 얘기를 잘 들어주지 않거나 무심해서 무시당한 기분이 들거나 거부나 혐오의 몸짓 같은 것들에 대해 우리는 상처 받고 좌절하고 화를 낸다. 서로 마음을 열어 보이고 친절하게 대하면 삶에서 상처는 줄고 생활은 풋풋해질 텐데 말이다.

또한 자신이 갈망하는 것을 솔직히 털어놓으면 자신이 누구인지 더 잘 알게 된다.

�֍

축복받은 사람은 항상 다른 사람을 축복합니다.
우리는 누군가를 격려하고 "당신을 사랑합니다"라고 말합니다.
– 헨리 나우웬

슬럼프에
빠진
너에게

작고 차가운 꽃빵을 전자레인지에 돌렸다. 이내 부드럽고 포근해진 꽃빵. 커피를 끓여 마시니 입 속에 녹아드는 빵 맛이 눈이 녹을 때의 슬픈 맛과 닮았다. 형태가 녹거나 사라진다는 건 언제든 슬프다.

다시 컴퓨터 앞에 앉아 그 작고 뜨거운 커피 잔을 받쳐 들고 있을 때 '드르르륵' 핸드폰이 울렸다. 후배 C에게서 온 문자 메시지였다.

"일거리가 당분간 안 생길 것 같아요. 우울해요."

주말에 우울한 친구들이 왜 이리 많은지……. 기분이 저조한 선배, 딸 연수 보내려다 학원 선생한테 사기 당해 죽고 싶다는 선배 언니. 한겨울 차고 습습한 냄새가 가슴을 메워 간다. 조금 혼란스럽기는 하지만 삶에서는 늘 이런 냄새가 나게 마련이다. 혼자 있어도 혼자 있지 않은 것 같은 기분은 나와 이어진 사람들의 마음이 내게 전해져 고맙지만, 그 마음이 오늘은 씁쓸한 것이라 다른 일이 손에 쉬이 잡히지 않는다.

어서 답 문자 메시지를 띄워야 하는데 어떤 말을 해야 할지 금방 떠오르지 않았다. 다들 먹이 문제에 시달리고, 즐겁고 신나는 일에 굶주려 있다. 돈이 많아지면 그 굶주림이 줄어들까. 최근 돈 많은 사람들도 돈 때문에 고민한다는 얘기를 들었을 때 피식, 웃음이 나왔다. 아이러니했기 때문이다. 어쨌든 지인들에게 무슨 말로 위로를 해줄 수 있을까 고민했다.

"괜찮아, 잘 될 거라니까."

이런 말 정도는 누구나 할 수 있다. 남자 친구라면 "내가 안아 줄게"라고 좀 더 친밀하게 우울한 구석을 어루만져 줄 수 있지만, 뭐라 해야 하나… 모든 생산 능력을 잃어버린 사람처럼 우울하고 슬럼프에 빠진 지인들에게.

"너무 소중한 시간, 불행을 느끼는 데 시간 낭비하지 마라."

노트에 메모해 둔 누군가의 잠언을 문자로 띄웠다. 그리고 사기 당한 선배 언니에게 다음의 문자를 덧붙였다.

"물건을 잃으면 작게 잃는 거야. 신용을 잃으면 크게 잃는 것이다. 용기를 잃으면 모든 것을 잃는 것이다."

미국 대통령 존 F. 케네디가 남긴 말이라는데, 언제 봐도 좋은 말씀.

하지만 신용도 신용 나름이라 다시 믿음을 회복하려면 많은 노력과 세월이 필요하다. 용기를 잃으면 죽음을 택하기도 한다.

거침없이 흘러가는 세월과 상실감에 유난히도 추운 오늘.

하루를 최대한 버틸 수 있는 따스한 기운은 그나마 사라지는 추억에서 오고, 최선을 다해 사랑하며 살려는 마음은 아래 시구처럼 나라는 연장을 어떻게 닦아야 할지에 대한 깊은 고뇌에서 온다. 해답은 없어도 깊이 공감을 할 것이다.

그리고 언제나 행복한 기운은 지인들과 이어진 그리움 속에서 피어난다.

청춘의 벌판을 지나고
그곳은 타버린 무명옷으로 굽이치지
애인도 나만의 방도 없었지만 시간은 많다고 느꼈지
여린 풀잎이 바위도 들어올릴 듯한 시절
열렬하고 어리석고 심각한 청춘시절은 이제 지워진다
언덕을 넘고, 밧줄 같은 길에 묶여 나는 끌려간다
광장의 빈 의자처럼 현기증을 일으키며 생각한다
지금 나는 무엇인가?
내가 원했던 삶은 이게 아닌데
사랑이 없으면 시간은 죽어버리는데

옷장을 열어 외출하려다 갈 곳이 없듯

전화할 사람도 없을 때의 가슴 그 썰렁한 헛간이란,

—헛간 속을 들여다봐 시체가 따로 없다구

사람을 만나면 다칠까봐 달팽이가 되기도 하지

잡지나 영화도 지겹도록 보아 그게 그거 같고

내가 아는 건 고된 노동과 시든 꽃냄새 나는 권태,

내일은 오늘과 다르리란 기대나

애정이나 행복에 대한 갈망만큼 지독한 속박은 없다

나라는 연장을 어떻게 닦아야 하나
  —시 〈슬럼프에 빠진 그녀의 독백〉, 신현림 《세기말블루스》

✼

세상을 드높이고 향상시키는 이들은 비난보다 격려를 하는 사람들이다.
— 엘리자베스 해리슨

혼자일 때
애인이
없는 걸
겁내지
마

지나 보니 결혼의 의미를 막연하게만 생각했지, 아주 자세히 꼼꼼히 따져 보고 어떻게 이끌 것인가에 대한 치열한 고민이 없었다. 뒤늦은 깨달음은 흐물흐물한 연두부처럼 서글프다. 그러나 그 서글픔을 뒤로하고, 언 땅을 뚫고 나온 싹처럼 어떤 어려움도 넘어서야 한다.

사랑은 존경심이 바탕이라는 것. 남자한테 어떻게든 식구들을 먹여 살리려는 확고한 의식이 있나 살펴야 한다는 것, 화나게 해보기도 하고, 약도 올려 보고, 술도 마셔 보게 해서 성격이 온순한지 아닌지도 살펴야 한다. 물론 남성도 상대 여성의 드러나지 않던 성격과 버릇을 발견하고 자신과 맞느냐 안 맞느냐를 따져 본다.

아는 친구 K는 배우자를 잘못 선택한데다 너무 급하게 결혼했다. 나도 다를 바가 없어서 생각하면 한숨이 나오고 절로 자괴감에 빠진다. K가 가녀린 목소리로 똑 부러지게 말한다.

"경제관념이 분명하지 않은 남자들은 결혼할 자격이 없는 사람들이야. 세상이 변했는데도 여전히 가부장적인 시각으로 여성을 부리려 드는 남자도 삭제시켜야 해."

온라인 식으로 '삭제'가 간단한 건 아니지만, 그 말의 느낌은 노란색 파프리카를 칼로 썰 때처럼 부드럽고 위풍당당했다.

"그래도 요즘 젊은 층에선 같이 돈 벌고, 설거지 빨래 청소도 나눈다고 하더라고."

"386세대의 반 정도, 그 이후 세대는 아직도 정신 못 차리고 있지."

K는 가부장적인 남자라면 넌더리를 낸다. 그래서 재혼할 마음이 아예 없다. 뭐 하러 바다처럼 탁 트인 자유를 포기하느냐는 식이다. 그러면서 실수한 결혼에 대한 반성을 아끼지 않는다.

"정들기 전에 싸움을 많이 했어. 정들기 전엔 절대 잔소리나 군소리를 해선 안 되지."

"맞아……. 정을 다지고 다지는 시간이 정말 많아야 해. 정들었어도 네 전 남편은 똑같았을 거야. 다 헤어질 만해서 헤어진 거지."

그녀 말대로 다투더라도 인격 존중이 깨지면 결혼 생활은 위태롭고 언젠가 끝장을 본다. 갈등이 생기면 많은 대화가 필요하다. 갈등이 그치지 않으면 말투나 대화 방식에 문제가 있을 것이다. 함께할 신앙생활이나 취미 생활, 서로 통하는 코드 하나는 있어야 하고, 그 속에서 함께할 기쁨을 찾아야 한다. 존중과 칭찬을 아끼지 말아야 함은 물론이다.

사랑은 그저 성관계나 동반자로서 밥을 같이 먹는 관계가 아닌 그 이상의 영혼과 영혼의 만남이다. 그리고 성적 친밀감은 결혼해도 행복해지는 데 필수다.

진정한 육체적 결합을 영혼의 결합으로 이어가기.

섬세한 마음으로 위로하며 떨리는 마음으로 상대방을 받아들이기.

결혼해서 행복하기 위한 조건들을 나열했지만 결혼은 생활이라 누구든 이것을 잘 살피기가 쉽지 않다.

결혼이란 늘 함께하며 아름다움을 발견하고 느끼고 성장해 가는 일이다. "영원한 것을 향해 기도하지 않고 어찌 그 사랑이 영원할 수 있을까?"라고 알베르 카뮈가 말했듯이 결혼의 의미는 신성한 것을 향한 자세가 아니면 안 된다. 사랑은 세심하게 마음을 써야만 지속되는 것이다. 사랑을 잃고, 사랑이 얼마나 약하고 다치기 쉬운가를 깨닫는다.

결혼을 막연히 생각하는 이들이 많은 반면 너무 잘 알아서 결혼 결정을 미루는 이들도 있다. 내가 소속된 카페의 '홍퀸' 님의 말이다.

"결혼 자격시험이란 게 있으면 좋겠어요. 게으르고, 무책임하고, 야만적이고, 폭력적인 남자들이 결혼해서 남의 집 귀한 딸 인생 망가뜨리는 경우가 많은데 결혼 전에 자격시험이 있으면 좋겠어요."

재미있고 꽤 설득력 있는 말이다. 어디 결혼 자격 없는 경우가 남자만일까. 무책임하고 갑갑한 여성도 많다.

어젯밤에 읽은 U. 샤퍼의 명상 시 〈결혼이라는 것〉을 곱씹어 본다.

혼자라는 것이 싫어

당신과

결혼하려는 것이 아닙니다.

결혼이

외로움을 없애 줄 것이라고 상상할 만큼

어린애도 아닙니다.

숱한 애인들이, 부부들이

입버릇처럼 사랑한다고 되뇌지만

그 얼굴에선 언뜻언뜻

짙은 고독의 그림자가 비치는 것을

나는 보았습니다.

혼자라는 것

애인이 없다는 것을

우리 겁내지 맙시다.

결혼해야 한다는 주위의 압력도

크게 걱정하지 맙시다.

우리는 무엇보다 결혼해야 한다는

나름대로의 뚜렷한 이유를,

그게 아니라면

혼자 살아갈 이유를 찾아내야 합니다.

우리의 인생은

우리 스스로 결정해야 하는 것이기 때문입니다.

싱글들이 읽으면 아주 좋을 글이다. 나도 프린트해서 냉장고에 붙여
놔야겠다. 문득 K가 그립다. 재혼은 안 해도 애인은 있어야 한다며 열
심히 나이트를 드나들더니 애인이 생겼는지 궁금하다. 그녀의 민첩한
동작과 부드러운 미소, 가녀린 몸짓이 눈앞에 어른거린다.

✂

최고의 사랑은 영혼을 일깨우고 더 많이 소망하게 하고,

가슴엔 열정을 마음엔 평화를,

난 네게서 그걸 얻었고, 너에게 영원히 주고 싶었어.

– 영화 〈노트북〉 중에서

이별한
자가
아는
사랑의
진실

나와 같은 처지로 돌아온 싱글 R. 오랜만에 그녀를 만났다. 그녀는 한 남자와의 이별을 몹시 아파하고 있었다. 느닷없이 헤어진 탓에 무척 당혹스러워 이별이 믿어지지 않는다고 했다.

헤어질 마음도 없으면서 헤어질 듯이 쓴 편지가 그 시작이었다. 그녀는 고단함과 슬픔에 빠져 상대방 마음을 헤아리지 못한 채 섭섭함이나 서운함을 터뜨렸나 보았다. 그녀 또한 조급한 현대인의 속성을 지녀서, 상대방에게 숨 고를 틈도 주지 않고 연타로 보낸 편지가 일을 좀 더 어렵게 만든 것 같았다.

관계의 깨짐을 맛본 후 그의 존재감이 그토록 큰 줄 몰랐다. 오래 알았지만 함께한 시간은 아주 적었는데도 크게 의지했음을 깨달았다. 무심한 척하면서도 헤어질 즈음엔 자주 그를 가슴으로 찾고, 눈으로 좇는다는 사실을 깨달았다.

뼈 하나가 빠져나간 듯이 가슴이 아파서 밥도 안 먹히고 며칠 비쩍 말라 있었다. 어느 날 무언가 무섭게 끝나는 게 인생인 줄 알면서도, 어쩔 줄 몰라 했다. 이별 당일엔 인생이 끝나버린 느낌이 들어 계속 누워 있다가 깊은 밤에 이르러 흑득흑득 울고 말았다. 저마다 라이프스타일이 있어서 사랑하려면 상대방의 방식에 적응하든지, 그렇지 않고 서로의 방식이 조화롭게 스미지 않으면 관계는 위험해진다는 사실을 나는 얘기했다.

힘들 때 나와 만나서인지 그녀는 계속 흐느꼈다.

"흐윽, 나야말로 한심하고 부족했지. 내가 제정신이 아니었어……."

"제정신 갖고 사는 사람 그리 많지 않아. 다들 탁구공같이 어디로 튈지 모르는 거야."

"자기를 잘 모른다고 한 얘기가 마음에 걸려."

"대부분의 친구와 연인, 부부들은 '너는 나를 잘 몰라'라고 말해. 바로 거기서 갈등이 생겨. 서로 귀 기울이고 애정을 쏟고, 함께하는 시간이 많아야 하지. 냉정하게 생각해 봐. 네가 그에게 못 해 준 것 말고, 너한테 정말 잘해 줬는지. 너한테 꽃 한 송이, 초콜릿 하나 바쳤는지……."

"그러고 보니 들꽃 한 송이 받아 본 적 없네. 그건 받아도 안 받아도 그만이지. 만남의 시선을 어디에 두었느냐가 중요할 땐 그런 건 중요하지 않을 수도 있어. 사정 들어 보면 또 그럴 여유도 없이 사는 사람이야."

"그건 다 핑계야. 너그러운 너를 너무 믿고 방심했거나, 어쩜 진정한 연애를 해 본 적이 없거나……."

그녀 말도 수긍이 가지만, 나는 어떻든 그녀가 그를 잊고 자기 일상을 찾길 바라기에 상대 남자의 문제점을 찔렀다. 헤어진 이유를 살피면, 남자의 상황에서 줄 수 있는 것보다 그녀는 더 기대하고 바랐다. 물론 누구나 현재 모습보다 더 나아지기를 바라는 존재이므로 당연한 건지도 모른다. 그리고 진정한 고독이 부족했다. 헨리 나우웬의 글이 생각났다.

마음의 고독이 없으면 다른 사람과의 관계는 쉽사리 빈곤해지고 욕심을 내어 무엇인가를 바라게 되고, 집착하고 매달리게 되며, 의존적이고 감상적이 되고, 상대방에게 지나치게 의존하게 됩니다. 사랑의 신비는 다른 이가 홀로 있는 것을 지켜 주고 존중하며, 그에게 자유로운 공간을 만들어 주어서 그가 자신의 외로움을 다른 사람과 함께 나누는 고독으로 바꾸게 해 준다는 것입니다.

그도 그녀에게 기대한 성실한 관심과 정확한 이해가 함께한 시간에 비례한다는 것을 놓치고 있다. 충분한 소통이 이루어지려면 직접 만나서 애기해야 한다. 편지나 전화는 항상 오해가 생길 확률이 많다. 결국 오해가 생기고 둘 사이에 틈이 생길 수밖에 없다.

"애인한테 절대 먼저 다가가거나, 조금이라도 매달리는 인상을 줘선 안 돼. 내가 보기엔 할 만큼 했어. 둘이 인연이면 연락이 올 거고, 아님 마는 거고……. 이번엔 연인 했으니까 혹시 인연이 더 길다면 다른 걸 해 보는 거도 괜찮지 않을까. 그게 네게 더 어울리는 사람일 수도 있을 것 같아."

나의 조언이 그녀 마음을 아프게 하지 않았으면 좋겠다. 나도 조언할 뿐이지, 그녀의 입장이 되면 참으로 힘들리라.

이별 앞에 강한 사람은 드물다. 슬픔에 빠져 허우적대다 일주일이 지나서야 간신히 정신을 가다듬은 그녀.

아무튼 시간은 흘러가고, 무슨 일이든 매듭이 지어지거나 혹은 다시 이어진다. 왠지 그들의 인연은 여기서 끝날 것 같지는 않다.

이별의 원인을 헤아리다 보면 사랑하는 능력이 깊어질까. 아마도 그럴 것이다. 사랑하는 능력이 깊어져야 남을 이해하고 비로소 끈끈한 인연이 만들어지는 것.

어쨌든 사람들은 저마다 인간적인 이해와 이심전심의 침묵 속에서 안식처를 구한다.

저마다 이별한 자들은 진실을 깨우친다. 내 시 속의 화자가 깨우친

진실이 출렁거리듯이.

담배불을 끄듯 너를 꺼버릴 거야

다 마시고 난 맥주 캔처럼 나를 구겨버렸듯
너를 벗고 말 거야
그만, 너를, 잊는다,고 다짐해도
북소리처럼 너는 다시 쿵쿵 울린다

오랜 상처를 회복하는 데 십년 걸렸는데
너를 뛰어넘는 건 얼마 걸릴까
그래, 너는 나의 휴일이었고
희망의 트럼펫이었다
지독한 사랑에 나를 걸었다
뭐든 걸지 않으면 아무 것도 아니라 생각했다
네 생각 없이 아무 일도 할 수 없었다

너는 어디에나 있었다 해질녘 풍경과 비와 눈보라,
바라보는 곳곳마다 귀신처럼 일렁거렸다
온몸 휘감던 칡넝쿨의 사랑

그래, 널 여태 집착한 거야

사랑했다는 진실이 공허히 느껴질 때

너를 버리고 나는 다시 시작할 거야

– 시 〈이별한 자가 아는 진실〉, 신현림 《세기말블루스》

슬픔까지도
따뜻한
날에

봄이라는 단어는 비로소 모든 것을 제대로 볼 수 있게 되었다는 뉘앙스를 풍긴다. 마음이 따뜻해져 균형 감각을 되찾았다는 느낌. 슬픔도 잠시 쉬어 가는 순간의 즐거움이 있다.

자전거를 타고 아침 길을 달리면 얼굴에 닿는 촉촉한 습기가 기분 좋다. 자전거는 균형 감각 없이 달릴 수 없다. 봄이다. 타이어는 제법 탱탱한 볼륨감으로 스피드를 낸다. 운동 부족으로 썩고 무너져 가는 듯했던 몸이 활기를 되찾았다. 내 팔과 다리에서 박하향처럼 환하고 청신한 냄새가 난다.

무언가를 잃었을 때, 아름답고 신비로운 어떤 것을 봤을 때, 세월이

훌쩍 흘러갔다고 실감을 할 때, 사랑이 너무 멀 때, 나 자신이 작게 느껴질 때 그 슬픔은 크다.

슬픔은 가장 익숙하고 친밀한 감정이다. 행복감에도 슬픔이 깃든다. 아주 아름다운 사람, 아름다운 풍경을 볼 때 슬픔이 끼어들지 않은 적이 있었던가.

아무리 나이를 많이 먹어도 슬픔으로부터 자유롭기는 힘들다. 하지만 슬픔이 우리에게 주는 것들을 생각해 보자. 슬픔은 자기 내면으로 가는 차표와도 같다. 슬픔 없이 어찌 자기 자신에게 돌아갈 수 있으랴.

여기서 슬픔을 표현하는 여자와 남자의 차이를 살펴보고 싶다.

여자들은 편안하게 슬픔을 드러내는 편이다. 그러나 남자는 자기 감정을 드러내지 않는 것이 남자답다고 배워 와서 이성 앞에서 슬픔을 표현하는 데 자유롭지 못하다. 슬픔을 표현하기 어려워 그 억압이 폭력으로 나타나는 경향이 분명 여자보다 많을 것이다. 이는 암컷, 수컷의 성향으로 보았을 때 그렇다는 말이다.

여성들은 그런 남자들 속에 감춰진 나약한 마음이나 슬픔을 이해해야 연애를 잘 할 수 있을 것이리라. 친밀한 사이라면 적극적으로 울 수 있게 만들어 줘야 한다는 얘기가 있으니 여성들은 참고하시라.

어쨌든 슬픔의 감정 속에 숨어 있는 상처가 드러난다. 눈물이란 눈물을 다 쏟아 낼 때 비로소 상처와 괴로움이 씻겨 나간다.

여자든 남자든 슬픔을 제대로 풀어내면 세상이 좀 더 부드럽게 돌아갈 것이다.

여성은 부드럽고 따뜻하고 단단해서 모든 폭력적인 기운들을 녹여낸다. 슬픔도 여성적 에너지로서 눈물이 되어 흘러나올 때 보다 안정된 평화를 찾는다.

생활에서 오는 자잘한 일들로 피로하고 안 좋은 기운들 속에 슬픔은 어느 순간 눈물을 쏟아 낸다.

바람 불거나 비와 눈이 내리거나 노을이 지거나, 특히 나는 바다와 나무를 마주할 때 눈물이 쏟아진다. 마치 바다와 나무가 애인 같아서 내 마음을 편히 풀어 놓는 거겠지.

행복했습니다
옛날 시인들은
세계가 마치 한 그루 나무 같았고
그들은 아이들 같았습니다

그대를 위해 무엇을 걸어 드릴까
나무 한 가지에
언젠가 장대 같은 비를
맞은 그 가지에

행복했습니다

옛날 시인들은

한 그루 나무 곁에서

아이들처럼 춤을 추었습니다

　　폴란드 출신의 시인 타데우시 루제비치의 〈나무〉라는 시의 일부다.

　　여기에서 옛날 시인들은 아이들 같다고 했는데, 누구나 예전에 다 아이였고, 가슴속에는 시인이 산다.

　　나무 그늘 밑에서 쉬다 보면 행복한 슬픔이 밀려온다.

　　생활이 빨리 흘러가다가 천천히 쉬어 가는 순간, 밀려드는 달콤한 슬픔. 그 슬픔 속에서 인생은 비로소 익어 간다.

✄

더없는 슬픔은 우리를 다시 신에게 맺어 주는 것이다

– 단테

사랑할
시간의
마지막에
대하여

차 안에 낯선 사람과 단둘만 있다는 것은 신선한 매력이다.

자동차 안의 공간은 참 묘한 데가 있다.

룸이긴 한데, 이동하는 옥탑방처럼 느껴진다. 공간이 좁기 때문에 상대방과 몸뿐 아니라 마음의 거리가 가까워진다. 차 안에서 보내는 시간이 길어지면 그 안에서 많은 얘기가 오가는데, 누구나 무척 진솔해진다.

운전면허를 따려고 수강하는 동안 나를 가르쳐 준 선생이 네 명이었다.

그들 중 오십대 중반 강사님이 해준 얘기가 지금껏 가슴에 남아 호수를 만들고 있다. 그 호수에 찰랑이는 물결같이 두 연인의 이야기는 가슴을 애잔하게 한다.

그 강사님이 먼저 나에게 물었다.

"뭐 하는 분이세요?"

시 쓴다고 하니까 이름을 가르쳐 달란다. 왠지 그러기가 좀 뭐해 고개를 저으며 말씀드리기 쑥스럽다고 했다.

"시인이라시니, TV에서 잠깐 본 얘기가 생각나네요. 어느 팔순 할아버지가 있었대요. 10년 연상의 할머니와 노후를 함께 보내다 할머니가 먼저 세상을 뜨게 되었지. 그러자 할아버지가 매일 그 할머니 무덤을 찾아가는 거야. 그 무덤 가는 길이 전철 타고 버스 두 번 갈아타고 갈 만큼 멀고 복잡했대요."

"매일 가셨나요?"

마음을 움직이는 이 얘기에 어느 정도 놀랐다.

"매일. 그런데 더 감동적인 것은 할머니 묘지에 나무 심고 꽃도 심어 묏자리를 근사한 숲으로 가꾼 거야. 못 보던 새들이 날아들고, 청설모, 족제비도 드나들고. 매일 그 묘지에 비석처럼 앉아 있다가 해 질 무렵이 되면 집으로 돌아가는 거야."

나는 속으로 울컥 눈물이 쏟아질 듯했다.

마침 오후 4시 45분의 햇살이 차창을 붉게 물들이는 게 보였다.

"그게 정말 TV에 방영되었단 말이죠?"

"내가 한 달 전에 본 거야."

그 아름다운 사연이 담긴 장면을 나는 왜 못 봤을까 안타까웠다.

노년의 연인… 그 순애보가 애절하다. 그 할아버지의 할머니에 대한 사랑이 그토록 지극한 것은 사랑할 시간들이 마지막이었기 때문이 아닐까.

✾

사랑은 모든 것을 이긴다.
- 베르길리우스

인생에서
같은 순간은
다시 오지
않는다

길을 나설 때마다 느끼는 것. 차 유리창이 투명하다는 게 얼마나 좋은 지. 지금 내 눈앞에 있는 것을 당연하다 여기지 않고 세심히 살펴보게 된다. 다시 세세히 바라보면 인생이 달리 보인다.

마음의 출입문에 '출입 금지'라고 써 붙인다.
하지만 사랑이 웃으며 다가와서는 소리쳐 말한다.
"제가 들어가지 못하는 곳은 아무 데도 없답니다."

허버트 십맨이라는 사람이 썼다는데, 참 매력적인 글이다.

글을 읽으면 인생이 좀더 새롭게 보인다. 고속버스가 가는 길에는 때때로 출입 금지가 있지만 사랑이 가는 곳에는 출입 금지가 없다. 후후, 빙그레 미소 짓게 만든다.

이 생각 저 생각 하면서 늘 타고 다니는 고속버스. 그 안에서 바라본 바깥 풍경. 빨리 흘러가는 들판 풍경 중에서 유난히 개망초꽃이 눈에 띈다.

개망초꽃은 나 어릴 적에 계란꽃이라 부르기도 했다. 꽤 오랫동안 이 꽃이 있었는지조차 잊고 살았다. 이토록 지천으로 핀 꽃이 눈에 띄지 않았음은 그만큼 생존 문제에 시달리며 살았다는 것일까? 자연이 눈에 들어오고, 꽃잎 하나, 풀잎 하나, 바람 한 자락에 마음이 가기 시작한 것도 서른 살 즈음이었으리.

요즈음 꽤 많이 보이는 꽃. 농사 안 짓는 땅엔 어김없이 개망초꽃이 피어 있다. 꽃 핀 언덕을 지나면 이렇게 산천 변하듯 사람도 변하고, 사람 발길 지나간 자리마다 돌들도 모양이 변한다는 사실이 새삼 크게 다가온다. 그러나 그 사실이 아프지만은 않다. 꽃이 엄청나게 모여 핀 모습은 그 스케일만으로도 얼마나 아름다운지.

빈 땅에 개망초꽃이 피듯 내 빈 마음에 피어난 사랑의 한때를 떠올린다. 그리워하고 함께 있다는 사실만으로도 즐거워할 때를.

어느 정도 성숙한 탓인가 꼭 한 사람만 떠오르지는 않는다. 내 마음을 스쳐 지나간 사람들이 달리는 기차 속에서 바라본 풍경처럼 하나,

둘 지나간다. 흐리게 진하게 리듬을 타면서.

인상 깊은 프러포즈

내 인생의 깊은 여름 골짜기를 들어설 무렵 내가 들은 인상 깊은 말 한 마디가 머릿속을 지나간다.

사실 세월이 가도 다른 건 다 까맣게 잊어도 그 사람이 던진 매력적인 그 말 한마디는 잊히지 않는다. 그게 언제던가. 그리 오래되지는 않았는데, 아주 많은 세월이 흐른 기분이다.

전화 오기로 한 시각에서 두세 시간이 지났는데 연락이 없었지만, 딱 한 번 만난 후라 그다지 마음이 가지 않아선지 나는 별로 신경 쓰지 않았다. 그런데 밤 열두 시에 울리는 전화 벨 소리.

"지금 여기 바다인데, 바닷소리 한번 들어 볼래요?"

한밤에 대뜸 전화해서 바닷소리부터 들려주겠다니 좀 당혹스러웠다. 혹시나 파도 소리, 갈매기 소리가 들릴까 싶어 귀를 크고 길게 늘어뜨리면서 들었다. 휴대폰이라 그다지 선명하지는 않았으나 그런대로 신선했다. 그 짧은 시간에 밤바람 소리만 강하게 귀에서 웅웅거렸다.

"바닷소리 들리나요?"

"네, 부럽네요. 바다에도 가고."

일에 쫓겨 살다 보니 한동안 바다를 못 본 나는 그가 한없이 부러웠다. 생활에 쫓기는 마음을 접는 곳. 시간의 흐름도 접고 모든 고뇌도 접

고 느리게, 느리게 게으름 피울 수 있는 곳. 날이 어두워지면 산도 하늘
도 캄캄해지고 다들 잠자리에 들었는지 온 마을이 캄캄해지고 모두가
숨죽인 듯이 고요해지는 바닷가. 바다를 그리는 내 몸 안으로 따뜻한
바닷물이 들어오는 듯했다. 그가 있는 곳은 강원도였다. 다음 날 만나
기로 했는데, 너무 늦으면 부담스러워 내가 이렇게 물었다.

"늦게 이곳으로 오시면 어디서 자요?"

"어디서 자긴, 누님 품 안에서 자지."

술에 취해서 한 얘기라 뭐라고 나무라지 못했으나 솔직히 무척 인상
깊은 말이었다. 노골적인 유혹의 말이고 솔직한 마음의 표현이리.

다음 날 그는 내가 사는 곳으로 오지 못했다. 술 취한 채 나한테 전
화한 사실이 몹시 부끄러웠나 보다. 그가 불쑥불쑥 던진 말들은 감칠맛
이 있었다. 그가 내게 프러포즈한 마음을 헤아리면 다음 시가 푸근한
웃음과 더불어 밀려온다.

뭔가 이상해. 그렇죠?
당신은 그냥 종이로 만든 달
바다는 파랗게 칠한 나무판자
하지만 당신이 있으면
그런 건 아무래도 상관없어요
캔버스에 그린 하늘

싸구려 천으로 만든 나무

하지만 당신만 옆에 있어 준다면

어쨌든 상관없어요

당신의 사랑이 없으면 이 세상의 모든 것들은

싸구려 바의 어트랙션

음악은 망가진 오르골

이 세상은

철창과 높은 벽으로 둘러싸인 캠프예요

끝없이 무섭고 허무해지죠

하지만 당신만 있어 준다면

그런 거 아무래도 상관없어요

이 시 〈종이로 만든 달〉은 은유의 맛이 좋다.

당신이 없으면 이 세상은 '싸구려 바'라든가 '감옥 같은 캠프'라는 비유가 재미있다. 사랑의 상황이 엉망이라도 좋다. 당신만 곁에 있다면… 이렇게 달콤하고 여유롭게 노래하는 상태. 그리운 당신이 그립네. 대부분의 싱글들처럼.

어쩌다 가끔 그때 생각 떠오른다.

바람 불고 비가 내리는 고속도로를 달리는 버스 안에서 그때 일과 내 추억 속의 사람들이 나뭇잎처럼 흩날린다.

그런 생각들을 떠올리자 갑자기 그리움이 북받쳐 온다.

옛 시절이 그립고, 인정을 나눈 사람들이 두서없이 흘러가고 흘러오다 사라진다. 그러다가 스무 살 때 만난 한 오빠가 생각난다.

지금은 어쩌다 한 번씩이지만 삼십 대 초반엔 가끔씩 그 오빠 생각을 하기도 했다. 그와 사랑을 하거나 교제를 한 것도 아닌데 말이다. 멀리서 봐도 마음 씀씀이가 괜찮아 아주 인상 깊게 남았나 보다.

내가 미대 간다고 화실에 다닐 때였다.

생전 처음 내 몸 가까이에서 그렇게 많은 사내들을 보기는 처음이라 가슴이 다 떨릴 지경이었다. 물론 남동생이 있긴 하지만 워낙 오빠 없이 딸 많은 집에서 자라서인지 남자 냄새가 오렌지향같이 상큼하게 느껴졌다. 게다가 사춘기 시절 여학교만 다닌 탓에 처음 화실에 들어가 남자들과 눈이 마주칠 때면 부끄러워서 저절로 고개가 숙여졌다. 그러나 이내 아무렇지도 않은 척 고개를 들고 4B 연필을 손에 쥐고 데생을 시작하곤 했다.

그 오빠는 거기서 만난 사내들 중 유난히 기타를 잘 치던 사람이었다. 대학생들은 기타를 거의 다룰 줄 아는 시절이었다. 통기타 붐이 일었던 때다. 그즈음 해서 대들보가 무너지듯 그 오빠의 가계가 망가졌다는 얘기를 들었다. 그런데 그는 그런 내색을 거의 하지 않았다. 화실 생활이 석 달쯤 되던 어느 날 저녁, 오빠가 화실로 들어오더니 그림 그리던 화실 동생과 나를 건너다보며 말했다.

"저녁 안 먹었지. 밥 사 줄게."

우리는 얼씨구나 좋다 하고 따라나섰다. 공짜 라면도 좋았지만 함께 밥 먹는 따뜻함이 좋아 더 신이 났다.

그때 라면을 먹으면서 오빠의 아르바이트가 일본말로 '노가다'라는 것을 알았다. 막노동을 해서 번 돈으로 우리에게 밥을 사 줄 수 있는 오빠의 착한 마음에 나는 숙연해졌고 감동스러웠다.

그 오빠가 준 감동은 이것만이 아니다. 화실에 있는 오빠들, 그리고 한 친구와 함께 서울 전시회에 갔다가 돌아오는 길이었다. 그만 차비가 다 떨어져 모두 집에 돌아가기 힘든 상황이었다. 그때 오빠가 말했다.

"너희들 여기서 20분만 기다려."

그러고 나서 어디론가 사라졌다. 남은 오빠들과 수다 떠는 동안 그 오빠는 신기하게도 어디서 났는지 차비하고 술 한잔할 만큼의 돈을 가져왔다.

"어디서 났어요?"

씨익 웃는 오빠 옆에 있던 다른 오빠가 물었다.

"너 피 팔았지?"

맞았나 보다. 그 오빠는 피 팔아 본 경험이 한두 번이 아니었다. 헌혈 차에 올라 피 뽑고 돈을 타 온 것이다. 그때는 헌혈하는 인구가 많지 않아 피를 사고팔았다. 오랜 시간이 흘렀지만, 그리고 많은 사람을 만나고 스쳐 지났지만 그 오빠의 모습은 내 기억 속에 뚜렷하게 각인되어 있다. 참 애틋한 마음이고, 참 드문 마음씨였다.

그후 오빠는 가톨릭 수도사가 되기 위해 몇 년 수도하다 다섯 살 연상의 여자랑 결혼했다. 성당에서 결혼할 때 나도 축하해 주러 갔다. 내가 스물아홉 살, 아마도 마지막 본 날이었으리. 나를 보더니 오빠가 이런 말을 했다.

"50년 후에 나랑 결혼하자."

"50년 후면 제가 몇 살이죠?"

따져 보니 죽든지 살았든지 기력이 다 쇠한 노후의 나이 아닌가. 그 자리에 함께 있던 사람들과 마구 웃어댄 기억이 아련하다. 오빠의 농담이 지금껏 즐거운 기억으로 남아 있는 건 그의 마음씨나 인간성이 보여 준 애틋함이 진했기 때문이다. 개나리가 담장을 물들이듯이 노랗고 진한. 빵처럼 부드럽고 착한 느낌이 물처럼 흘러 마르지 않듯이.

사랑은 부분이자 전부이다
사랑은 옷이자 외투이자
사랑은 모든 것의 주인이자, 노예로다

아, 일은 얼마나 쉽사리 그르쳐지는가!
한숨은 너무 깊고, 키스는 너무 길다

이후에는 안개가 끼고 빗줄기가 듣나니,

인생에서 같은 순간을 다시 오지 않으리

스코틀랜드의 소설가이자 시인인 조지 맥도널드의 시에서 "인생에서 같은 순간은 다시 오지 않으리"라는 이 대목이 가슴을 치는 건 정말로 그 즐거웠던 순간이 다시 돌아오지 않기 때문이다. 다 아는 내용인데도 슬프다.

농담으로 내 가슴을 따뜻하게 덥힌 그 오빠도 이제 중년의 가장으로 식구들 먹여 살리느라 정신없이 하루를 보낼 것이다.

잘 가라, 아름답고 따뜻한 시절.

다시 돌아오지 않는 순간이여.

✂

무한한 시간이나 완벽한 조건이 필요한 게 아니다.
지금 당장 해라. 오늘 해라.
– 바버라 셰어

달콤한
키스처럼

오늘 아침 신문에서 '키스는 만병통치 약'이라는 제목의 기사를 봤다.

기사에 따르면, 키스는 치아 건강에 좋다. 다이어트에도 효과가 있다. 노화 방지를 돕는다. 통증을 덜고, 스트레스를 없애준다. 면역 체계를 향상시킨다.

그렇게 몸에 좋다는 키스. 상대가 있어도 안 하는 경우도 있겠지만 불행하게도 키스할 여건이 안 되는 분들도 의외로 꽤 많다.

오늘 삼십 대 싱글 커리어 우먼을 만났다. 싱글남들은 별로 못 봤는데, 싱글녀들은 왜 이렇게 많은지. 다들 똑똑하고 매력 있는 성공한 여성들. 아직도 남성 중심 사회라서 여자의 성공은 굴레가 되나 보다.

사랑은 '애착'이요, '기울임'이다. 접촉하고 하나가 되기 위한 기울임.

사람의 영혼이 신을 만나는 길을 트는 최고의 육체적 감각이요, 천국으로의 비상도 결국 키스가 가능하게 해 준다니…….

그런 달콤한 키스처럼 자신의 생활을 온전히 받아들이면서 만족하고, 삶을 느긋하게 바라보고, 열렬히 포옹하고 싶다.

갈까 말까 하던 산책 겸 운동을 위해 경복궁으로 향했다. 정문은 저녁에 닫지만 이 문은 자정에 닫아서 밤에도 사람들이 눈에 띈다.

서윤이랑 빠르게 걷는 중에 은행나무 의자에서 젊은 두 남녀가 성애를 나누는 것이 어렴풋이 눈에 띄었다. 옷만 안 벗었지 어떤 체위인지 어렴풋하게 실루엣이 느껴졌다. 저녁 때 듣던 엘비스 프레슬리 테이프가 늘어져 느끼하게 들리던 〈러브 미 텐더〉가 그 순간 떠올랐다.

늘어진 테이프처럼 길게 누워 있는 남녀. 의자 위에서 그들은 마치 조청처럼 흘러내릴 것만 같았다.

서윤이는 당연히 뭐 하는지 모르지만, 나는 군침이 도는 풍경이라고는 말할 수 없어 모르는 척했다. 딸이 내게 소리친다.

"신현림 시인 선수, 뭐 하세요. 빨리 달리세요!"

나는 다시 천천히 달렸다. 멀리 한국일보사 간판과 전광판이 보였고, 풀이 스치듯 인기척이 느껴졌다.

"엄마, 저 언니는 오빠 껴안은 거야?"

"굿나잇 포옹 중이야."

아이의 관심을 내 요가 포즈로 돌리게 한 후 은행나무를 돌아서 경복궁 전시관 쪽으로 걷는데 언제 그 두 남녀가 이동했는지 십 미터 거리에서 또 마주쳤다. 아까보다 더 야해 보였다. 키스에서 에로스로 이동하는 장면은 역시 어지럽다. 보기만 해도 노곤해진다. 서른 살 때 이 장면을 봤으면 나도 모르게 흥분했을지 모른다. 연륜이 업그레이드 되어서 바람에 나뭇가지가 일렁이는 것처럼 보였다. 저런 애무와 포옹, 나이가 들어서도 청춘과 젊음을 지켜 주는 것일 텐데…….

사람마다 다르겠지만 나이가 들수록 성적인 욕망은 강해진다고 한다. 가벼운 스킨십이나 키스 같은 방식으로 나타나는데 쉰이나 예순 살이 지나도 결코 그치지 않는다고.

사람이면 누구나 시달리든지, 어떻게든 해소를 하든지, 아니면 참든지, 도를 닦든지 해야 할 정념. 거추장스러운 이 정념의 문제를 참 처연하고 솔직하게 표현한 아름다운 시 한 편을 풀어 놓고 싶다. 나는 이승훈 시인의 〈물고기 주둥이〉를 가슴으로 깊이 공감한다

아직도 색정色情을 견딜 수 없고 어두운

어두운 마음 골짜기를 헤매는 내가

불쌍해서 술 한잔 마시오 왕십리

서초동 서소문에서 인생의 후반을 탕진하고

저 꽃 피는 소리 들으며 무슨 업이 많아

이런 시를 쓰오 미친놈 소리나

들으며 산속에 들어가 도토리나 주워

먹으면 좋겠지만 보이지 않는

내가 이렇게 헤매오

탄력적인 육체가 주는 매력이 아니라 나이 들어 세련되고 원숙미가 물씬 풍기는 성적 매력. 에로티시즘의 신비로운 바다로 흘러가는 사춘기와 이십 대 초반은 도발적인 향기가 난다. 그 이후 삼십 대, 사십 대 중반까지 에로티시즘의 황금기라고들 한다. 그러나 정신이 젊다면 황금기는 따로 없을 것이다.

키스와 에로스는 생존 본능의 가장 강렬하고 열렬한 표현일 테니. 언제나 낯설고 감각적인 에로스의 여행은 모든 것을 젊게 만들고 삶을 정녕 매혹적으로 바꿔 갈 것이다.

✂

나는 얼른 건강해져야 하기에, 염증을 느끼지 않고 살고 싶기에,
빠른 발걸음으로 코리나의 집으로 향한다. 반기는 영접을 기대하면서
그녀의 사랑을 기원하면서, 한 번의 키스가 내게 치유를 가져오기를!
— 오토 에프 베스트

관계의
예술을
위하여

한 해를 마무리해 가는 시점에서 왠지 가슴이 텅 비고 쓸쓸하다.

　그 헛헛하고 쓸쓸한 마음을 쓸어내리며 또 해야 할 일, 마감해야 할 원고 때문에 밤이슬을 맞으며 도서관으로 향했다.

　캄캄하고 축축한 공기를 감싸안은 주황색 가로등 불빛이 희미하니 아지랑이처럼 어른거렸다. 주차해 놓은 차도 없는 텅 빈 도로. 이런 광경은 한밤중과 새벽뿐인데 이상하게도 매번 신선하게 느껴진다.

　그러면서 아득하고 막막한 기분을 어쩌지 못하는 것은 역시 세월의 흐름 때문이리. 올해를 더듬어 보면 그 많은 일들 중에 인생의 최대 핵심인 관계에 대한 고민이 먹고 사는 문제만큼이나 컸다.

문득 가방 속을 뒤졌다. 이제는 멀어진 한 선배에게 보낸 편지가 눈에 띄었다. 접은 곳이 바래고 다 닳았다. 쉬 놔뒀나 본데 이제 버릴 때가 되었나 보다.

다들 바쁘다 보니 살아 얼굴 볼 일이 그리 많지 않은 것 같아요.

내 인생에서 소중한 사람이라 전화보다 만나는 것이 중요하기 때문에 먼 길 마다 않고 친구를 찾아갑니다. 남녀 관계는 다를 수 있으나 무슨 거래 관계가 아닌 한 사람이 사람을 찾는 이유는 따뜻해지고 싶어서이고, 보고 싶어서가 아닐까 해요. 거기에 무슨 특별한 이유는 없을 겁니다.

원래 제 고민이 많다 보니 신경 못 써 드린 면을 지적받았겠지만, 선배와의 만남도 위에서 말한 것이 그 바탕이죠.

언젠가 책에서 봤는데 '관계 예술'이라는 말이 참 매력 있었어요. 관계가 예술이기 위해 상대방에게 연결되고 상대에게 정성을 다하는 용기, 노력이 필요하겠죠. "의미 있는 우정을 이어 가려면 현재 활기 넘치는 삶을 살아야 하고, 서로가 서로에게 '누구'이며, 또 하는 일을 함께 나눠야 한다"는 것. 희로애락과 질병, 깊은 비애, 불만, 삶의 위기를 겪을 때마다 서로에게 든든한 의지가 되어야 한다는 것……. 이렇게 자판을 두드리며 제 마음에 다져 둡니다.

저도 세상 사람들, 친구든 누구든 내 맘에 안 드는 구석들이 있어요. 선배도 맘에 안 드는 구석이 있지요. 그러나 그것을 불만으로 삼기에는 참으로 아름답고 훌륭한 장점들 때문에 신경 안 쓰는 거죠. 결국 관계는 코드의 맞고 안 맞고 하는 차이이고, 마음에 안 드는 구석이 있어도 문제삼지 않는 거고, 다 품고 갈 마음이 있으면 함께 가고 아니면 마는 거겠죠.

한때 친했던 친구를 우연히 만나게 되면 반갑게 인사하지만, 전과 같지 않은 건 제 탓도, 그 친구 탓도 아닌 거죠. 단지 스타일이 다른 거예요. 어떤 부분이 싫어 안 만나게 되면 그뿐인 거죠.

그러잖아도 요 근래에 제 전화번호부랑 메일 주소록을 다 정리중이에요. 일일이 나만 연락해야 만나는 사람이나 연락해도 묵묵부답인 사람들 일단 접어 둡니다. 관계란 게 워낙 친해졌다가 멀어졌다 한다네요. 제가 낯가림이 아주 심한 거 잘 모르시죠. 결국 다들 바쁜 가운데 외로운 사람들끼리 서로 기대면서 가는 게 삶이겠죠. 서로 통하고 인정하고 부드럽게 흘러가면 좋고, 아님 마는 거겠죠. 뭐든 흘러가는 대로 자연스럽게…….

속내 얘기를 많이 했을 만큼 품 큰 선배에게 보낸 편지다. 오랜 말동무로 늘 고맙고 귀한 손님이라 생각하면서도 전쟁같이 삶이 흘러가니 나도 모르게 슬픔을 드렸고, 나도 상처 받아 다시 만나기 힘든 사이가 되었다. 한번 멀어졌다 공백이 생기면 그대로 끝인 거 같더라.

세심한 배려와 정성이 필요해서 부지런하지 않고는 안 되는 것이 관계의 예술이다.

평생을 같이한 친구나 선배들에게 받는 인생의 활력을 생각하면 그 무엇으로도 따질 수가 없다. 가까웠다 멀어졌다 반복하는 것도 사람 관계임을 이제 알겠다. 관계란 아름답지 않게 흘러가면 이별을 겪는 것임도.

사랑하는 사람들이 있어 나도 사는 것이라고 여기면 마음속에 뜨겁고 감미로운 피의 흐름이 느껴진다.

올해가 가고 내년이 와도 지금 나와의 인연을 소중히 하고 더욱 돈독히 하기 위해 지금보다 지인들과 보내는 시간이 더 많으면 좋으리라.

더 많은 추억을 쌓을 시간을 꿈꾸는 밤.

한 겹 두 겹 어둠이 쌓여 간다.

우리가 타인에게 뿌리 내리지 못할 때만 죽음에 이른다.
- 톨스토이

솔직하라,
타인을
끌어안고
함께하라

나에게는 두 살 터울의 여동생이 있다. 동생과 나는 사뭇 다르다. 열정적이고 감성적인 나에 비해 그녀는 늘 차분하고 의연하다. 바람 잘 날 없는 집안에 터지는 크고 작은 일들 앞에서 서두르는 일 없이 조용하게 차근차근 풀어 나간다. 어릴 때 기억을 더듬어 봐도 역시나 마찬가지다.

시인으로 불리는 내게 큰언니는 가끔 이렇게 농을 건다.

"그렇게 울더니, 시인이 되려고 그렇게 울었나."

"내가 그렇게 많이 울었어?"

"아이고, 말도 마라. 한번 울면 그치질 않아서······."

"서윤이만큼이나?"

내 딸 서윤이가 울 때면 참 힘들다. 힘들어서 어느 순간 애를 나무라면 그걸 보는 어머니께서 한 말씀 빼놓지 않고 하신다.

"쟤는 아무것도 아니다. 저 정도면 아주 순한 거지. 너는 더 울었어."

우리 집에서 나라는 아이는 어딘가 모자란 것 투성이고, 누군가 신경을 써 줘야 하는 존재였다. 기운도 모자라고, 똑똑함도 모자라고, 잠도 모자랐다. 더욱이 울어도, 울어도 울음이 모자라서 한번 울기 시작하면 여간해서는 그치지 않았다고 한다.

그런 나에 비해 두 살 아래인 여동생은 모자람이 없는 아이였다. 하는 일마다 야무졌고, 야단칠 일이 없는 아이였다. 우리 자매들이 싸우고 나면 부모님께 야단을 맞곤 했는데, 지금 생각해 보면 그때 부모님 입장에서 그녀를 야단을 치는 게 이상하게 생각될 정도였다.

더구나 동생은 아주 예뻤다. 외국 여자애처럼 오똑한 코, 큰 눈, 시원하게 생긴 입이 신비스러웠다. 명절이 되면 사촌오빠들은 언제나 여동생 주위로 모여들었다. 그녀는 그걸 부담스러워 했고, 늘 수줍게 누군가의 뒤로 몸을 숨기곤 했다.

그녀 앞에 서면 거짓말이나 나쁜 말을 할 수 없는 진지한 표정에 누구라도 진실한 느낌이 들었다. 어른이 된 지금이야 그럴 수 있다고 하더라도 그 옛날 어린아이 얼굴에서 어떻게 그런 선량하고 의연한 표정이 비쳐나왔는지 모르겠다.

그녀의 눈은 늘 그윽한 빛으로 반짝인다. 그래서인지 함께 있으면 예나 지금이나 마음이 편안해진다. 정신 없고 분주한 내 일상도 그녀와 있으면 느긋해지고 세상에 어려운 일이 뭐가 있으랴, 하는 마음이 된다.

동생을 떠올리면 언제나 그녀에게서 받은 위로의 마음이 한 가득이다. 그것만으로도 나는 배가 부르다.

삼수를 하고 대학에 떨어진 겨울, 동생도 같은 수험생이었다. 함께 시험을 쳤는데 나는 또 떨어지고, 그녀는 성균관대학교 장학생으로 합격했다. 절망하고 있는 내 앞에서 그녀는 자기 혼자 합격해서 미안하다고, 울었다. 절망이 너무 커 서럽기만 했던 나는 그런 동생이 고마워 울음을 터뜨렸다.

동생에게 힘과 위로를 받은 건 나만이 아니었을 게다. 그녀는 언제나 부지런했다. 엄마가 편찮으신 후 식구들 밥상은 우리가 챙겨야 했다. 나는 불면증으로 몸이 언제나 안 좋다 보니 집안일로부터 면제받는 일이 허다했다. 그 빈자리를 채우는 것은 항상 동생이었다. 또한 시간 날 때마다 편찮으신 엄마를 돌보는 것도 그녀였다.

IMF가 터져 나라가 온통 어지러울 때 우리 집도 덩달아 파산을 해서 만신창이가 되어 갔다. 그런 우리 가족을 기운 차리게 하고, 하나로 다시 뭉치게 만들어 준 것도 다름 아닌 그녀였다. 지금도 동생은 봄, 여름, 가을, 겨울 계절이 바뀔 때마다 부모님 옷장의 옷을 갈아 드리고 매달 정기검진을 받게끔 어머니를 병원으로 모시고 간다. 같은 아파트에 살던 그녀는 나와 내 딸이 깊은 잠을 더 잘 수 있도록 분리수거를 해 주고, 김치가 떨어질 때쯤이면 미리 알아서 챙겨 주었다. 내가 열심히 일에 몰두하며 살았던 것도 어느 정도는 그녀 덕분이다.

함께 시장을 갈 때마다 새삼스레 그녀에게 몹시 감동한다.

좌판을 펴 놓고 물건을 파는 아주머니들과 오랜 정을 쌓은 사람처럼 그녀들의 주름 많고 거친 손을 따뜻하게 잡아 주는 모습. 언제 보아도 가슴 뭉클하다.

그러고 보면 그녀가 내게 베푼 많은 배려와 위로는 같은 혈육인 이유도 있겠지만 기본적으로 사람을 대하는 그녀의 천성 때문일 거라는 생각이 든다. 언제나 넘치는 사랑으로 나를 감싸 주고 보살펴 주는, 언니이자 엄마 같은 내 동생. 좋은 일을 해도 남들 앞에 내세우지 않고, 그럴 생각조차 하지 않는 사람. 늘 주위 사람과 세상의 아픔을 어루만지는 그녀. 그녀를 들여다보는 일만으로도 나는 힘을 얻어 시를 쓸 수 있었고, 메마른 세상을 조금이나마 푸근하게 살았던 것 같다.

하지만 사람과 사람의 관계가 언제나 좋은 날만 있는 것은 아니다. 더욱이 남과 달리 가족 관계는 밀착된 시간이 많아 마찰이 일어날 가능성이 더 크다. 그렇지만 워낙 착한 그녀의 성정 탓에 얼굴 붉힐 일, 역정 낼 일도 거의 없는 나와 그녀 사이에 다툼이란 흔치 않은 일이다.

물론 우리라고 언제나 생각이 같은 것은 아니다. 세상을 바라보는 시선에 차이가 있고, 어쩌다 그것이 부딪치면 서로가 굽히지 못한다. 클래식이나 조용한 음악을 좋아하는 여동생과는 달리 나는 팝송, 재즈, 클래식 가리지 않고 다 즐기는 편이다. 또한 독실한 기독교 신자인 동생처럼 믿음을 가졌다가, 오랜 세월 냉담자로 지냈다. 하지만 나는 4년 전부터 신앙심이 굳건한 사람이 되어 균형감있게 살고 있다.

얼마 전 그녀와 작은 다툼이 있었다. 통화를 하다가 요즘 젊은이들의 자유분방해 보이는 삶의 방식에 대한 이야기가 나왔다. 이야기 도중에 "결혼하고 나서 어떻게 될지 모르니 미리 살아 보고 결혼하는 것도 좋겠다"라는 내 말에 동생이 강하게 반박을 했다. 혼인 전, 혼외 성관계에 대해 말도 안 된다고 여기는 그녀의 생각이 얼핏 답답해 보여 한마디 했더니, 우리의 목소리가 커져 갔고 상한 기분으로 통화가 끝이 났다.

언니와 전화를 끊고 생각해 보니 언니와 내가 어떻게 이렇게 가치관이 다를까 하는 생각이 들었어. 내가 크리스천이라서 그렇게 생각하는 게 아니라 기본적으로 혼전, 혼외 성관계에 반대해. 나는 그 결과가 매우 두려워. 혼외 성관계로 얼마나 많은 죄악들이 일어나며 또한 얼마나 많은 불행한 일들이 초래되는지 언니도 알잖아.

얼마 전 들은 이야기로는 어떤 여대생이 모임 이후에 한 남학생과 좋아하게 되어서 그날 밤 함께 잠자리를 했는데, 아침에 일어나 보니 그 남자가 쪽지를 남겨 놓고 갔다는 거야. 그 내용인즉, "나와 같은 에이즈 그룹에 들어오게 된 것을 축하한다'라는 것이었대. 그래서 그 여자는 큰 좌절감에 빠져 고민하고 있다는 실화였어. 이 이야기를 듣고 내 마음이 얼마나 고통스러웠는지. 에이즈라는 질병도 질서를 어긴 혼외 성관계로 인해 유발된 저주의 병임을 알잖아? 사람은 언제든 자신이 한 행동의 대가를 받게 되어 있어, 언니.

나는 그런 세상의 불행이 아프고 두려운 거야. 최선을 다해서 옳고 선하고 아름다운 삶을 살아야 죽음의 문턱에 다다랐을 때, 후회하지 않을 거야. 아무쪼록 몸조심하고, 기관지염 빨리 낫기를 기도할게.

– 현주

으휴, 이런 천사가 내 동생이라니……. 놀랍고 감사할 뿐이야.

네가 걱정하는 순간적인 행동으로 초래되는 이런저런 불행과 죄악을 생각 안하는 것도 아니고, 다만 서로 싱글이고 사랑한다면 동거나 함께 지내는 것이 왜 문제인지 모르겠어. 서로가 책임질 수 있는 성인인데 말이야. 그러다가 결혼도 하는 거 아닌가. 네가 생각하는 혼외 정사의 의미는 또 다르다고 봐. 아무튼 건강히 잘 보내고.

– 둘째 언니

언쟁이 있은 후 동생이 내게 보낸 편지. 그리고 나의 답장. 또 이어서 온 동생의 편지를 받고 얼마나 마음이 편안했던지.

사랑하는 언니, 매일 고마워. 피를 나눈 형제 사이에 그 관계를 멀게 할 게 뭐가 있겠어. 언니가 하나님의 크신 사랑 안에서 쉼을 누리고 행복하길 바랄 뿐이야.

동생과의 언쟁 이후 많은 생각이 스쳐 지나갔다. 우리는 서로 사랑하고 아끼는 사이지만 분명한 시각의 차이를 감추거나 외면하지 않고, 그 점을 인정하고 의견을 좁혀 갔다. 그러다 보면 한 번 더 상대의 입장을 이해하고 나아가 세상을 이해하게 된다. 그러면서 우리네 인생이 더 넓고 깊어지는 것이리라.

결국 사람이란 이리저리 흔들리며 그 혼란의 무게로 사는 존재다. 그래서 저마다 가진 혼란 때문에 논란거리도 가득한 것일 게다. 사람이 결국 그런 존재라, 서로 다른 생각과 가슴을 터놓고 솔직하게 이야기 나누는 관계가 바람직하다.

흘러가고 떠나기만 하고 다시 오지 않는 인생살이.

늘 아쉬움이 큰 우리네 삶에서 항상 든든하게 내 편이 되어 주고, 멘토로서 나를 격려하며 깨워 주는 사람이 있다는 것은 비할 데 없는 큰 축복이다. 더욱이 핏줄이라는 단단한 것으로 엮어 등처럼 한결같은 마음으로 나를 환히 비추고 있으니 그 얼마나 다행인지.

짧은 글과 귀한 공간에 동생 이야기를 잔뜩 늘어놓아 쑥스럽지만, 인생에서 가장 소중한 건 다름 아닌 사람에 대한 이야기라서 내 가장 가까운 그녀를 떠올려 보았다.

지금 그녀는 기독교계 대안 학교인 '쉐마' 학교를 신랑과 함께 운영하고 있다. 나는 가끔 책들을 소포로 부쳐 주곤 한다. 또한 동생과 가끔 메일을 주고받는다. 전화로, 혹은 얼굴을 보며 말을 할 때와는 또 다른 맛이 있다. 인터넷에서 좋은 글과 음악을 발견했을 때 그것을 나눌 수 있는 사람이 있어서 좋다. 내가 미처 알지 못했던 착하고 순한 마음을 동생의 짧은 글을 통해 얻을 수 있어서 이 또한 즐겁다.

그렇게 내 가슴 깊은 곳에서 언제나 사과꽃처럼 사랑스럽게 환히 웃는, 품이 넉넉한 아우. 살아갈수록 그 애가 내 동생이란 사실이 감사하고, 큰 축복임을 안다. 그녀로부터 또 메일을 한 통 받았다.

사랑하는 언니. 오늘도 하나님의 크신 사랑 안에서 쉼을 누리고 행복하길.

그녀의 사랑을 받는 나는 참 행복한 사람이다.

✂

모든 스승과 모든 가르침에 대해 마음을 열어라.
그리고 귀 기울여라
- 람 다스

가족,
따뜻한
껍질

오늘 내 몸 속으로 들어간 음식을 헤아려 본다.

사골 국 한 그릇과 과일, 돈가스 한 접시, 커피 두 잔, 붕어빵 두 개, 생수 한 병. 5군 영양 식품을 다 갖추고 있지 않더라도 이것은 오늘 하루 나를 살게 한 에너지가 되었다.

그러나 사는 데 이것만 있어서는 안 된다.

정과 그리움이라는 에너지 없이 살 수 있을까? 무엇보다 가족의 정. 이것 없이 나의 존재를 생각할 수 없다.

먼저 어머니라는 신비, 그에 대한 고마움을 어찌 다 말로 표현할 수 있으리.

이 세상에 나를 세워 준 버팀목이신 어머니. 어머니는 병중에도 약업을 하신다. 쉴 나이인데도 빚을 조금이라도 더 갚아야 한다며 쉬는 날 없이 일하신다. IMF 때 빚 더미에 올라앉은 우리 집 상황이 더 나아진 건 없으나, 시련에 견디는 지구력은 탄탄해지고, 혈육지정은 더 돈독해졌다.

다정한 우리에게도 콩가루 집안 그 전형의 모습인 시절이 있었다.

다들 뿔뿔이 흩어져 살던 그 시절도 아름다웠다. 서울 끝자락에 사는 언니부터 한 병원에서 의사로 근무 중인 남동생까지, 우리 가족은 언제든 서로 연락해서 부모님 생신과 명절이면 모여 서로 정을 나누었다.

꼭 명절이 아니더라도 부모님과 함께 보내는 시간은 나에게 평화 그 자체였다.

조금씩 나이 들어가는 형제들. 나이가 들수록 하루는 너무 빠르게 저문다. 빠르게 돌아가는 자전거 바퀴살처럼 하루가 지나갈수록 마음에 새겨두는 말 하나.

'사랑하는 이들과 함께할 시간이 많지 않다.'

이를 생각하면 눈에 보이든 보이지 않든 가족에게 주는 사랑은 어느 것 하나 아깝지 않다.

사실 난 가족 모두 함께 살 때 가족의 소중함이 그렇게 절실하지 않았다. 내 나이 서른 즈음에 독립한 여동생이 먼저 집을 나가고 언니가 시집간 후, 어느 틈에 나도 서울 하늘 아래 작은 방에 세 들어 혼자 살면서 가족에 대한 그리움이 싹트고 절감하게 되었을 것이다. 특히 두 분 중 한 분이 떠나면 더 가족에 대한 애착이 더 깊어진다.

부모님 그늘에서의 가난은 진정 가난이 아니었다. 혼자 단칸방에 세 들어 살며 밥벌이하기가 얼마나 힘든가를 절감할 때 비로소 가난의 의미가 스며들더라. 이시가키 린의 〈생활〉처럼.

가족에 대한 그리움과 가난으로 눈가에 넘치던 눈물을 기억한다.

먹지 않고는 살아갈 수 없다

밥을

야채를

고기를

공기를

빛을

물을

부모를

형제를

스승을

돈도 마음도

먹지 않고는 살아올 수 없었다

부푼 배를 안고

입을 닦으면

부엌에 흩어져 있는

당근 끄트머리

닭 뼈

아버지의 창자

나이 사십의 황혼녘

내 눈에 비로소 넘쳐흐르는 짐승의 눈물

　나는 딸과의 정을 먹고 산다. 그렇게 어미는 자식으로 인해 다시 태어난다. 엄마가 됨으로써 어머니의 소중함을 느낀 만큼 내 딸에 대한 애정은 날로 커 간다. 가끔 묻는다. 내 딸이 없었으면 어땠을까 하고.
　아이의 그 맑은 눈동자를 생각하면 가슴이 설렌다. 아기가 주는 경이로움이 이토록 큰 줄 몰랐다.
　내 안의 씨앗이 어느새 자라 걷다니……. 직립 인간으로 성장하기까지 순간 순간 맛보는 인생의 신비. 내겐 하나의 작은 기적이었다. 이 험한 세상에 애 낳아 뭐 하나, 하는 비관주의자인 나였기에 더 남다르다. 늦은 나이에 얻은 애라 그런가. 아이들의 세계 속에는 추하거나 혐오스러운 게 없기 때문일까.
　아이는 나로 하여금 숨을 쉬게 해 준다고 할 만큼 내게 귀하지만, 가습 한쪽에 내 작업에 대한 안타까움이 있다. 생계부터 1인 5역을 맡다 보니 시 쓰기도 힘든 환경. 하지만 이 고단하고 다양한 체험을 시로 승화시킬 꿈을 키우며 더 열심히 산다.

어차피 엄마로 산다는 게 힘들다는 거. 아이를 통해 배우는 놀라운 사랑의 능력. 그것이 내 몸에 내 감각에 따뜻한 안개처럼 젖어 든다.

"사랑과 웃음은 우리를 하나로 엮어 준다."

위 말을 떠올려 본다. 점점 사랑스러워지는 딸을 위해서라면 어떤 고된 일을 못하랴. 딸을 키우며 내 부모에 대한 고마움과 형제자매의 다정함을 절감한다.

가족이란 따뜻한 껍질 속에서.

✻

진정으로 행복해지려는 사람은 남을 섬기는 방법을 발견한 사람이다.
- 라 로슈푸코

그래, 너는 나의 휴일이었고
희망의 트럼펫이었다.

−시 〈이별한 자가 아는 진실〉 중에서

3부

이제는
다르게
살고 싶어

치유는 자신을 잘 아는 것에서 시작된다.
자신과 세상을 멀리서 보는 것이 필요하다.

인생은 재능을 찾는 여행이고,
내 영혼을 만나 그 깊이와
비밀을 파헤쳐 가는 일이다

이제 그대 삶의 비밀을 찾아가라.

시련으로
강해진
그대

계절이 바뀌었는데 옷 정리도 못하고 겨울옷을 꺼내지 못할 정도로 쉴 틈조차 없었다. 한 달 넘게 밤 12시가 다 되어 야간 어린이집에서 애를 데려오며 작업에 몰두했다. 도서관에서 일하는 시간을 합쳐 하루 열 시간 작업하지 않으면 장편 소설 분량의 책을 다듬기 힘들기 때문이다.

사촌언니에게 애를 맡기고 찾아오던 어느 주일. 언니에게 티셔츠를 사 드렸더니 극구 사양하셨다.

"서윤이 바지나 사 주렴. 바지가 짧아 살이 다 보여."

찬바람이 부는데 바지와 양말 사이로 허옇게 드러난 종아리가 보였다. 부끄럽고 마음이 아파 다음 날 일어나자마자 아이 옷을 찾을 겸해서 살림 도우미 아주머니를 불렀다. 차마 내가 다 할 수 없는 일들은 생활비에 무리가 되더라도 도움을 청한다.

함께 정리하다가 버려야 할지 말지 망설이는 내게 그녀가 소리친다.

"정리 정돈은, 버려야 됩니다. 안 쓰는 거 다 버리세요."

사실 말이 쉽지 정든 물건 버리기가 쉬운가. 아끼는 것만 갖고 살아야 하는데 왜 이처럼 쓸데없는 게 많은지. 혹시나 쓸 데 있을 날이 있을까 해서 버리지 못한 물건들…….

"쿠션도 딱 하나만 놔두고 전부 버리세요."

남 줄 것 챙기고 모두 버리고 나니 마음이 한층 홀가분해졌다. 마음에 뿌연 그림자를 드리운 갑갑함이 일시에 사라졌다. 일하면서 도우미 님의 사생활을 알게 되었다. 거실에 서 있던 내가 이혼 2년차인 그녀에게 물었다.

"왜 이혼하셨어요?"

"폭력!"

안방에 있던 그녀가, 내가 잘 들을 수 있게 사이렌처럼 큰 소리로 대답했다. 우렁차게 던져 온 그녀의 단 한마디로 가정 폭력 장면이 떠올랐다. 폭력적인 사나운 목소리가 시커먼 연기처럼 스멀스멀 내 몸 위를 기어 다니는 듯했다. 14년 결혼 생활에 14년 폭력을 당하면서 작정한 이혼 소송. 8개월 만에 승소해 현재 중학생 딸과 홀가분하게 살고 있다고. 현재 사귀고 있는 남자에 대한 고민도 털어놓는다.

"그 사람과 결혼할 건데… 가난하고 다혈질이라… 좀 걱정이에요."

"왠지 불안한데요. 좀 천천히 사귀면서 생각해 보세요."

"근데 서로 무척 좋아하고 있어요."

나의 조언이 무색해지는 한마디. 서로 무척 좋아한다는 말. 언 아이스크림을 순식간에 물컹물컹 녹아 버리게 만들 수도 있는 '좋아한다'라는 말. 서로 가슴 벅차게 사랑하고 있구나. 그럼 다른 말 필요 없이 계속 좋아하는 수밖에 없다.

이혼해서 남자가 생기더라도 홀로 서기를 다져 봐야 좋을 텐데…….웅크려 설움에 목메여 혼자 울더라도 나 홀로 단단한 걸음을 준비해야 하는데……. 인생길에서 시련이 우리에게 주는 가장 큰 뜻은 홀로 서기를 좀 더 단단히 하라는 것. 혼자 우뚝 서기가 그렇게 힘이 드는 것이다.

어떤 시련도 감당할 용기를 갖게 하소서, 기도하며 모든 시련을 이겨 낼 나 자신을 꿈꾼다.

서쪽을 빨갛게 물들이는 하늘을 바라본다.

어느새 내 얼굴도 빨갛게 물들어 버렸다.

❀
인간의 모든 불행은 단 한 가지,
고요한 방에 들어앉아 휴식을 취할 줄 모른다는 데서 비롯된다.
- 파스칼

당신의
가장
큰
고민은
무엇인가

사람들의 가장 큰 불만은 돈이 부족한 것과

시간이 없다는 거라고 한다.

그동안 어떻게 지냈느냐고 물으면

모두 바빴다는 것이다.

부족함 없는 환경은 게으름을 부르고 쉬 늙게 만든다.

부족하기 때문에 존재하고 삶을 바꾸려는 노력과 의욕이 불타오른다.

그럼 당신의 가장 큰 불만은 무엇인가.

외로움인가, 일이 안 풀려서인가.
찬찬히 다시 생각해 보라.

돈도 시간도 없는 건 나쁜 게 아니다.
고단함이 있으나 버는 보람을 누릴 수 있고
천천히 벌면 된다.
모르면 공부하고 배우면 되듯이
외로우면 먼저 인사하면 되듯이
꽃이 지면 언젠가 다시 피듯이.

글쓰기는 정말 신나는 일이다. 폭우 끝에 떠오른 뽀송뽀송하고 보드라운 태양을 느끼는 일 같다. 모든 사건과 모든 감정을 의미 있게 만드는 글쓰기. 내 자신의 존재감이 커지는 치유의 글쓰기.

작거나 크거나 괴로운 인생의 고민들. 그 고민들로 어질어질 현기증이 일 때가 얼마나 많은가. 나에게도 한동안 정신 못 차리게 힘든 일이 있었다. 마음이 깨지도록 아픈 일들과 상실감에 젖을 때 홀로 추스르기란 얼마나 힘이 드는 일인지.

사소한 일로 받는 상처, 쓸쓸함, 슬픔 등 주체하기 힘든 그 상처들을 어떻게 풀며 치유할 수 있을까. 견딜 수 없는 괴로움과 집착과 갈망들이 왜 생기는가를 곰곰이 따져 보는 것이 중요하다. 그래서 자신의 감정을 잘 알기 위해 글을 써 보는 것이다.

맑은 하늘처럼 환히 웃기 위한 치유의 글쓰기. 언젠가 그 치유의 글쓰기 프로그램에 초대되어 강연을 한 적이 있다.

"여기에 오신 분들의 가장 큰 고민은 무엇인가요?"

나의 질문에 한 명씩 고민 보따리를 풀어놓았다. 그들의 질문과 나의 대답을 간단히 정리하면 이렇다.

애 성적 떨어진 문제, 산뜻한 이혼을 원하는데 어렵다.

— 공부는 동기 유발이 중요하다. 산뜻한 이혼이란 없다. 안 맞는 사람과의 구질구질하고 피로한 결혼 생활을 벗어난 후에야 조금이라도 산뜻한 인생이 펼쳐진다.

앞으로 주식 시장은 어떻게 될까?

— 지켜봐라. 재테크도 사랑처럼 인내심이 필요하다.

결혼은 안 해도 아이는 갖고 싶다.

— 그런 시대가 올 것이다 그때까지 늙지 말고 기다려라.

동화를 쓰고 싶다. 집중하지 못하고 외롭다.

— 외로움은 존재의 큰 문제. 대부분 그대처럼 외롭다. 노력이 재능이고

무서운 실력이 될 것이다.

직장을 옮기는데 언제까지 직장을 다녀야 할까?
— 옮기기 위한 준비와 결단이 필요하다.

부모님이 사시는 집에서 독립하고 싶다.
— 독립은 돈이 있어야 한다. 옥탑방 전세비나 월세를 낼 직업이 있어야
한다.

미술 학원을 한다. 애들이 앞 건물 새로 생긴 미술 학원으로 많이 가 버렸다.
— 학생들이 모여든 그 새 학원을 탐구하라. 학원의 조건과 분위기를 바
꿔 보라.

결혼 생활도 잘하고 직장 생활도 잘해서 여러 가지를 한꺼번에 누리고 싶다.
— 늘 깨어 정성을 다해 살라.

소심한 나 자신을 고치고 싶다.
— 소심함은 달리 보면 섬세함이다. 문제 삼으면 문제고, 고치려면 끝없이
노력하라.

내 마음을 잘 모르겠다.

— 모르기 때문에 알려고 사는 거다.

여성적인 게 편한데, 남자로서 여성적인 성격으로 남자 학교 선생 노릇하기가 어렵다.

— 정이 들면 적응이 된다. 동료 선생이나 제자를 편안히 사귀어라.

직장에서 충분히 지지받지 못한다.

— 지지받지 못하는 원인을 찾아 고쳐라. 마음을 다해 애쓰면 언젠가 지지받는다.

이들의 고민은 내 것과도 통하고 또 그 누군가의 고민이기도 하다. 문제의 원인을 살피면 그 속에 답이 있다.

애쓰고 애쓴 다음 그냥 자유롭게 흘러가게 내버려 둬라.

글로 있는 그대로 다 표현하고 나면 한결 마음이 편해진다.

고민이 심해 몸이 아플 때, 그동안 내 삶에 빠져 있거나 공허한 느낌이 뭔가를 깨닫고 발견하게 된다.

"사람들은 그저 일상에 지치고 사는 것에 환멸을 느껴 잠시 휴식이 필요한 것."

충분히 쉬고 나면 뭔가를 하고 싶어진다. 고민으로 숨이 막혀도 휴식을 취하는 동안 시간은 흘러 자연스레 해결된다.

자신의 느낌과 생각, 요구와 필요가 뭔지 얘기하고 노트에 기록하는 것은 도움이 된다. 그리고 인생에 대해 가장 힘차고 긍정적으로 표현한 명언들을 베껴 보자.

반복해서 읽다 보면 잠재의식을 도배하게 된다.

이강보의 생활은 가난한 선비처럼 검소했으며
손에서 책을 놓은 적이 없었다.
-《저기실》중에서

고통을
창조적인
에너지로
바꾼
사람들

고 흐

초스피드 경제 사회에서 살아남기 위한 사람살이가 얼마나 힘겨운가.

삶은 원하는 꿈을 향해 노력하고 정성을 다할 뿐, 그 과정에서 영혼이 성장하여 인간적으로 잘 익은 사람이 되는 것만큼 중요한 게 어디 있을까? 한 시간 전부터 내 수첩에 수수알 만한 글씨로 쓴 글귀에 자꾸만 시선이 간다.

"우리가 할 수 있는 건 오직 노력뿐이다. 나머지는 우리가 관여할 일이 아니다."

〈황무지〉의 시인 T. S. 엘리엇이 한 위의 말처럼 산다는 것은 열정과 정성을 다하는 것, 제정신 아니게 사는 것처럼 보일지라도 정성을 다하는 것이다.

오직 노력할 뿐 결과에 신경 쓰지 않는 인물로 누가 있을까. 누굴까, 누굴까, 하고 물음표를 찍으며 책장을 훑어볼 때 고흐의 이름이 눈에 띄었다. 그래 고흐, 맞다, 맞아.

고흐 하면 광기의 뜨거운 불덩이만 연상하기 쉽다. 그 불덩이 속의 여릿여릿한 것을 놓치고 싶지 않다. 복숭아 속살처럼 여리고, 착하고, 한없는 그리움으로 물컹거리는 것. 그것이 때때로 폭발하여 광기로 나타난다. 이런 광기는 정도의 차이지 누구나 갖고 있다. 어찌 보면 광기도 충실함이고 정성이다. 자기 자신을 향한 극단적이고 지나친 정성. 고통이나 통렬한 외로움을 작업으로 이겨 내는 크나큰 노력.

그 누구든 고독감과 먹고 사는 문제는 슬럼프의 큰 원인이다. 그 슬럼프를 극복하는 게 바로 고독의 힘이라니. 아이러니하고 재미있다. 내 시집《세기말 블루스》에 실린 시 〈외로운 마약, 외로운 섹스〉를 뒤적인다.

주차장 앞에서 한 사내가 지워지고 있소

우리는 아마 죽을 때까지 인생을 모를 거요

나날은 빌린 모자처럼 헐렁거려 쉽게 날아가오

나는 고독과 그리움만 느끼며 헤매왔소
시를 쓰며 외로움을 잊는다는 희망이
외로움을 견디게 하오

아마 고흐도 그림 그리며 외로움을 잊을 수 있다는 사실이 그 외로움을 견디게 했으리라. 그가 꿈꾸던 화가 공동체의 생활도 대다수의 꿈처럼 따뜻한 삶에의 욕망이며, 외로움에서 벗어나고픈 욕구다.

벌써 10년이 다 된다. 태어나 처음 간 유럽. 그중 프랑스에 사흘간 머물 때 오르세 미술관에서 본 고흐의 그림. 실제로 보니 더 좋더라. 잡지나 책에서 본 것보다 투명하고 깊이 정제된 실제 그림. 그의 명성이 그냥 있는 게 아니었다. 그의 초기 작품은 〈감자 먹는 사람들〉. 고달픈 노동 끝의 따뜻해야 할 식사 시간이 음울과 서글픔으로 가득하다. 인생이 먹이를 찾는 긴 유랑 아니던가.

잠시 내 시 〈한솥밥궁전으로 당신을 초대한다〉의 일부를 읊고 싶다. 고흐의 영혼을 위해, 고흐의 그림 속 고달픈 유랑민과 세상의 유랑민에게.

불을 지피고 밥을 지어라
문이란 문 모조리 열어 놓고 살맛나는 밥을 끓여라
가난하고 병든 이들, 노인네들
흩어진 식구 일터의 지친 노예란 노예는 모두 불러

대기근에 허덕이는 아프리카인도 불러

지위 계급 막론하고 "아아 뭐든 먹고 싶다"는 자를 위해

허기증을 잊게 하라 우리가 살아 있음을 축하하면서

"함께 밥을 먹는 동안은 외롭지 않았어."

"이제 뭐든 사랑할 수 있을 것 같아."

이 서럽고 어여쁜 탄성, 꽃가루로 휘날리게

자주 잊는 수치와 감사를 느끼게

해가 뜨는 곳으로 당신을 초대한다

그렇게 생존하는 일은 서글프나 기쁜 것이다. 고흐가 자신의 슬픔을 화폭에 칠하고 끊임없이 거듭 태어났듯이. 고흐처럼 나날을 다시 태어나기 위한 몸부림은 얼마나 기쁘고 아름다운가. 그만의 특별한 움직임으로 가득한 터치. 우울하고 슬픈 마음에 어울리는 쓸쓸하면서 독특한 느낌의 색들은 역동적인 형태로 나타난다.

"나는 자연에 대한 성실한 감정으로 감동받은 대로 그릴 뿐이다. 이런 감동은 때로는 의식도 못할 만큼 강해서 붓놀림은 우리가 주고받는 대화나 편지에서처럼 쉴 새 없이 빠르게 이어진다."

그의 마지막 창작 시절, 그러니까 〈사이프러스가 있는 밀밭〉이나 〈별

이 빛나는 밤〉을 그렸을 때의 소감처럼 그는 자연과 사람, 무엇을 그리든 성실한 감정으로 바라보고 그렸다. 그의 완벽한 유작 중 하나인 〈까마귀가 나는 밀밭〉은 그의 슬픔과 지독한 고독감, 그 절정의 작품이다.

"나는 내 작품에 삶 전체를 걸었고 그런 과정에서 내 정신은 무수한 어려움을 겪었다"라는 말처럼 그렇게 자신을 다 걸어야만 뭔가 이루는 게 우리 인생이다. 다 걸지 않고 무얼 제대로 이룰 수 있을까.

"자연이 그토록 아름답게 느껴졌을 때 나는 놀랍도록 투명한 한순간을 체험했다. 나는 더 이상 나 자신을 의식하지 않게 되고 그림은 꿈결처럼 다가온다."

꿈결처럼 다가온 풍경을 그려 놓고 권총 자살을 한 고흐. 그러나 그는 사라지지 않았다. 많은 자화상들을 통해 다시 태어나려는 의지, 정성, 열정이 그의 전 작품 속에 면면히 흐르고 있듯, 그는 영원히 죽지 않았다. 우리의 가슴을 울리고 세계인들에게 가장 사랑받는 화가로 남았다. 고흐처럼 결과를 생각지 않고 우직하게 자기 삶에 열정을 다하는 것. 이보다 더 중요한 게 있을까.

구사마 야요이의 폭발

구사마 야요이. 그녀는 제정신으로 살기 힘든 생애를 감동적인 노력으로 폭발적으로 승화시켰다.

도쿄의 한 정신병원에서 30년 가까이 입원한 채 활동했던 그녀. 광기를 통해 건져 올린 작품들, 그 안의 두려움들, 황홀과 슬픔, 공포의 흔적들……. 그녀는 이렇게 얘기한다. "고통스러운 유년기의 경험이 내 정신병의 뿌리다. 나는 예술을 출구로 살아남을 수 있었다"라고.

전쟁 때 가세가 기운 집안에서 권위적이고 엄격한 어머니에게 학대를 받았다. 1957년 미국으로 건너가 뉴욕에서 회화, 조각, 설치미술, 해프닝, 퍼포먼스를 선보였다. 미국 팝 아트에 영향을 미친 것으로 평가받고 있다.

기대하지 않았기에 더 크게 압도당한 작품들. 작품 〈뉴 센추리〉에 설치한 대형 풍선에 그려진 무수한 색깔, 무수한 물방울들. 끝없는 반복과 증식을 되풀이하는 자신의 편집증을 그녀는 그대로 작품에 끌어들인다.

그녀의 이러한 강박 편집증은 작업의 출발이며 창조적 에너지다. 그럼으로써 자신의 아픔을 이기려고 했으리라. 어떤 양식의 표현을 취하든 그녀의 정신질환적 편집증과 환각증에서 벗어나려는 일종의 치료법이었으리.

"나는 죽을 때까지 끝나지 않는 고속도로를 달리거나 컨베이어 벨트에 실려 가는 느낌이다. 이것은 수천 잔의 커피를 계속해서 마시거나 수천 피트의 마카로니를 먹는 것과 같다. 싫든 좋든 살기를 멈출 수 없는 것과 마찬가지로 욕망은 지속되며, 모든 유형의 감정과 환상에서 줄곧 벗어나려고 할 것이다"라고 그녀는 말한다.

끝없이 번져 가는 점과 물방울, 끝없이 되풀이되는 이미지들. 결국 망각, 하나씩 지우기이며 그것이 나아가 그 어떤 영원함과 하나가 되어 그 환경 속에 묻혀 사라지기를 꿈꾸는 것이다.

특히 마음을 끈 〈러브 포에버〉. 이 거대한 환경 조각. 그 안에 들어가니 마치 수많은 별과 함께 우주에 떠 있는 기분이었다. 이 우주 속에 내가 존재한다는 황홀감. 그녀가 이 작품에 대해 말했다.

"내 영혼이 삶과 죽음 사이로 빨려 들며 법열의 경지에서 방황하는 듯한 환각을 온몸으로 경험했다……. 이제 내 예술 창조의 주제는 죽음이다. 내가 살기 위한 방법으로 추구해 온 자아의 혁명이 실제로는 죽음으로 향하는 길이었다. 이제 영혼의 휴식을 위해 이 모든 것을 끌어안으며 제작에 임한다."

고통과 슬픔, 분노와 좌절 속에서도 최선의 마음가짐은 뭐든 배우며 노력하는 자세다. 그런 자세만이 창조적인 에너지를 만들 수 있다.

�֍

자기 영혼의 가장 밑바닥으로 어둠 속으로 내려가야 하고,
나의 공격성, 폭력적 성향, 가학적인 욕구들을 인정해야 한다.
자기 자신에 대해 솔직한 사람은
자신 안에 이런 것들이 들어 있음을 느낀다.
– 안젤름 그륀

인생의
진귀한
안주를
찾아서

어제 오이도에 갔다.

하늘을 보자기처럼 펼쳐 안고 나는 청둥오리 떼. 새삼 경이로웠다.

"나는 그냥 청둥오리가 나는가 보다 하는데 시인은 감동을 하는구나."

연신 감탄을 하는 나에게 던지는 친구의 말에 나는 이렇게 대답했다.

"누구나의 가슴엔 다 시인이 살고 있어. 자네도 한번 찾아봐. 가슴속에 있는 시인을……."

내 말이 끝났을 때 눈앞에서 새 한 마리가 아주 가까이 날고 있었다. 갈매기 한 마리. 찬바람을 가르며 나는 모습이 무척 위용 있어 보였다. 그때 문득 이백의 시 〈행로난 3수行路難 三首〉 중의 한 수가 떠올랐다.

금 술동이의 맑은 술은 한 말에 천 냥

옥쟁반의 진기한 안주는 만 냥

잔을 내려놓고 수저를 던지며 마시지 못하고

칼을 뽑아 들고 사방을 보니 마음 망연해지네

황하를 건너려니 얼음이 가로막고

태항산은 오르려니 눈이 쌓여 있네

한가로이 푸른 냇물에 낚시 드리우니

홀연히 꿈 속에서 배를 타고 해 곁으로 갔네

인생길 어려워라, 인생길 어려워라

갈림길은 많은데 지금은 어디쯤인가?

큰 바람에 물결쳐도 때가 있을 것이니

그때는 구름에 돛을 달고 창해를 건너리라

시원한 바닷물결이 눈앞에서 거칠게 일었다. 같은 인간으로서의 동질감, 동병상련의 감정을 일으킨 시다. 인생길 어렵기는 이백의 시대나 지금 시대나 크게 다를 게 없나 보다. 시대를 초월하여 교감을 할 수 있는 이백의 낙관주의가 나를 해 가까이 이끌어 갔다.

그때 흰 구름에 가려 드문드문 보이며 흘러가는 해와 멋진 햇살. 마음속을 흐르는 멋진 시.

이런 시를 읽는 시간이 있어 거칠게 바람 불고 비가 내려도 해는 우리

곁에 있는 것이다. 그리하여 어려운 인생길이 힘들지만은 않은 것이다. 낡아도 아름다운 풍경, 비와 바람과 시와 음악이 바로 "옥쟁반의 진기한 안주"가 아닐까. 인생의 진귀한 안주가 함께할 때 사람은 비로소 아름다워진다. 그 진귀한 안주와 자연이란 술과 벗하며 자본주의의 속박에서 벗어나 자유롭게 사는 것, 내가 꿈꾸는 행복의 실체일지 모른다.

이런 생각을 하는 동안 어느새 바닷가에 저녁이 내리고 있었다. 그 깊고 황홀한 색, 푸르고 붉은 빛깔 속에서 그리운 사람들이 구름처럼 하나 둘 피어올랐다.

✄

세상의 가난한 자는 춥고 배고픔에 울부짖고,
부귀한 자는 명예와 이익에 골몰한다.
의식이 조금 넉넉하여 산수 사이에 유유자적하는 것은
참으로 인간이 누릴 수 있는 극락이건만.
-《금뢰자》중에서

배짱 있게
사는
성자 언니

뭔가 끊임없이 변하는 것. 이게 삶인 것 같다.

변화에 적응하느라 마음속 부품도 계속 갈아 끼우는 것이 아닐까. 인간의 몸은 70퍼센트가 물인데, 이 물도 작년이 다르고 올해가 다르다. 그것을 요즘 절실히 느낀다.

여자 다섯 중 넷이 자궁에 지녔다는 근종이 있는 터라 하혈을 했다. 허리 아픈 이유가 그 때문인가 싶어 어제 병원을 찾았다. 사실 의사에게 보여도 뚜렷한 대책이 있는 것도 아니다.

그래도 동생의 권유로 찾은 병원. 차례를 기다리던 중 팬 카페에서 알게 된 성자 언니가 떠올랐다. 그녀가 해 준 얘기가 생각할수록 재미도 있지만 꽤 지혜로워 가슴에 담아 둔 것이다. 언니도 자궁 내 혹의 크기가 커서 지속적인 검진 권유가 있었나 보았다. 그런데 의사에게 이렇게 답변했다고.

"김일성도 얼굴에 혹이 있었는데, 돈이 없어 가만 놔뒀나요? 제 것은 눈에 보이지도 않는데 그냥 내버려 두겠습니다."

그러면서 나에게 용기를 내라고 했다.

"백일기도라는 게 있잖아. 그게 괜히 있는 건 아닐 거야. 다 뜻 깊은 얘기지. 백일을 놔뒀다가 악화냐, 호전이냐, 그냥 그대로냐에 따라 나쁘면 그때 병원 가 봐. 몸이 아프다는 건 몸의 센서 작동이 잘 되는 거니까 나쁜 것만은 아닐 거야."

어떤 위험이나 괴로움이 닥치더라도 그에 대응하는 그 배짱과 살갑고 귀여운 삶의 지혜에 내 마음이 한참 끌려갔다.

병원에서는 늘 그렇듯이 식생활과 운동에 신경 쓰라는 얘기를 들었다. 특히 맨손체조를 권했다.

"맨손체조가 우리나라 국민 체조 아니었나요? 이게 언제 사라졌지?"

초등학교 때 "국민 체조 시작!" 이 구령과 함께 음악에 맞춰 맨손체조를 하던 기억이 어렴풋이 떠올랐다.

의사 선생님은 맨손체조를 국민운동으로 삼을 만큼 훌륭한 작품이라고 했다. 하기 싫어도 억지로 하던 운동. 물론 그 밑에 어떤 정치적 목적이 깔려 있기는 해도 어쨌든 몸을 단련하고 마음의 평정을 구했던 운동. 그때 교정에서 울려 퍼지던 음악이 자꾸 생각난다.

어제 메모해서 냉장고에 붙여 뒀다.

— 맨손체조든 요가든 댄스든 하루에 10분에서 20분 반드시 운동할 것.

— 잠잠히 고요하고 평온한 공간 속에서 자신을 멈춰 세우기.

— 이 순간에 흘러나오는 숨결을 느끼고, 기뻐하고, 충분히 호흡할 것.

잠시 스트레칭을 하면서 이 배짱 있고 멋진 언니가 한 말이 떠오를 때마다 미소를 짓는다. 예술의 전당으로 유로피언 재즈 콘서트에 갔을 때 무려 10만 원이나 하는 공연을 언니가 보여 줬다. 그때 로열석에 앉아 언니가 내 후배랑 통화를 하게 되었다.

"청춘은 빨리빨리 흘러가니까 늙기 전에 후딱 만나 즐겁게 지냅시다."

이제 쉰두 살이 된 이 근사한 언니는 좋은 음악회마다 찾아다니는 열정이 대단하다. 나에게 나이 먹는 것에 희망을 줄 정도로 인생이 예술이다. 최근에 언니가 알려 준 멋진 노래 〈아임 낫 어 우먼, 아임 낫 어 맨〉을 듣고 있자니, 언니가 해 준 얘기가 떠오른다.

"우리 집에 온 가사 도우미 아줌마 이름이 나랑 같은 거야. 그래서 어느 날 전화 번호부에서 내 이름과 똑같은 사람이 몇인가 세어 봤더니 열여섯 명이더라고. 그러니 내 첫사랑이 날 찾을 수나 있겠어?"

✂

자신을 잘 돌볼 때 더 완전하게 남을 돌볼 수 있다.
스스로의 요구에 좀 더 주의를 기울이고 민감해질수록
남에게 더욱 사랑스럽고 너그러워질 수 있다.

– 에다 레샤

변화하기
위해
버려야
할
것들

땅거미가 내리고 사방이 고요했다.

분명 밖은 시끄러운데 내 마음은 고요한 물처럼 잠잠해져 갔다.

한방 병원에 누워 뜨거운 찜질을 하며 잠깐잠깐씩 잠이 들었다가 깼다 하기를 반복하는 동안 꽤 긴 시간이 흘렀다. 눈을 떴을 때 침을 놓기 위해 기다리고 서 있는 선생님이 보였다.

"왜 이렇게 어깨 근육이 굳고 아플까요?"

"피로해서죠. 스트레스와 만성 피로, 욕구 불만 때문에 사람들은 피로해지잖아요."

"언제 괜찮아질까요?"

"이번 주 며칠간 부황 좀 뜨고, 침 맞고 하면 좀 나아질 겁니다."

나아진다는 말에 마음속으로 '휴우' 하고 안도감이 몰려왔다. 긴장을 풀고 잠시 쉬어 가자.

"아무것도 하지 않는 것보다는 뭔가를 하고 있는 게 낫다"라는 가르침에 익숙한 사람들처럼 나도 가만히 누워 있거나 잠잠히 있는 것에 익숙하지 않다. 그러다 보니 긴장을 풀고 쉬는 것을 갑갑해 한다.

그러나 병들고 아프면 자유로움이 가져다주는 여유로운 시간이 얼마나 귀한지를 새삼 깨닫게 된다. 아픔이나 고통은 피할 수 없는 인간의 숙명이지만 경우에 따라서는 삶을 느리게 살라는 인생의 충고이기도 하다. 닳아가는 과정으로서의 병은 내 삶을 성찰할 또 다른 기회이다. 이 기회를 통해 삶의 변화를 성찰하는 정적의 상태. 빛나는 흰색처럼 환해 보인다.

그렇게 나는 한 달 가까이 몸이 많이 아팠다.

1년 반 전에 정기 검진을 받았을 때는 모든 게 양호했다. 그런데 어제 병원에서 검진을 한 결과, 몇 군데 경계경보가 있었다. 큰 병을 앓는 사람들에 비하면 별일 아니겠지만, 먹구름이 가슴속에 꽉 찬 듯 암담하고 아찔했다.

혼란스러운 마음을 가다듬고 내 생활 패턴이나 문제점 등을 짚어 보았다. 가장 큰 문제는 과로였고, 늦게 자고 늦게 일어나는 생활 패턴도 문제라는 생각이 들었다.

그리고 정리 정돈을 할 새도 없이 삶이 흘러가고 마는 살림. 대충 치우고 살지만 어느 틈엔가 또 어질러져 버리는 살림.

"어떤 날은 집에 들어가기도 싫을 때가 있다니까요."

이런 말을 아는 분께 토로하면서 나 스스로도 참 부끄러웠다.

물건보다 공간이 중요함을 또다시 깨닫는다. 바다의 아침 풍경이나 저녁 풍경을 찾아 사람들이 떠나는 이유는 거기가 탁 트이고 시원한 공간이기 때문이다.

그 고요하고 텅 빈 곳의 아름다움과 황홀함에 넋을 잃고 본 적이 어디 한두 번일까. 도시 생활이 주는 두통과 스트레스도 말끔히 걷히고 마음도 일급수 물처럼 투명해져 탐스러운 잉어 떼가 실컷 놀다 가도 괜찮으리라. 멀리 배가 떠 가고 갈매기 나는 풍경은 얼마나 친숙하며 동시에 놀라운 광경인지…….

그런 아름다운 풍경을 밀쳐 내고 눈앞에 입지도 않으면서 무슨 보물처럼 쟁여 놓은 옷 하며, 온갖 잡동사니로 가득한 책상 서랍 등 쓰지도 않는 집 안의 물건들. 마음이 다시금 혼란스러워졌다. 깊이를 알 수 없는 마음 한구석에 구멍이 난 채 안개가 자욱하게 피어올랐다. 언젠가 자기계발서 《웰빙으로 나를 경영하라》에서 읽은, 뻔한 얘기인데도 잊었다간 다시 생각나는 구절구절들…….

한 달 간격으로 꾸준히 잡동사니를 치워라. 안 쓰는 펜은 동료에게 줘라.

비울수록 채워지는 법이다. 물건을 줄이면 줄일수록 그만큼 더 많은 공간이 생긴다. 비우고 떠나는 일, 잠시 모든 접촉을 끊고 골 아픈 만사로부터 떨어질 수 있는 여유를 찾는 것이다.

그 여유라는 것. 무無라는 것. 노자는 무에 대해 이렇게 말한다.

우리는 바퀴의 몸체를 만들지만
마차를 앞으로 굴러가게 하는 건 바퀴 중심에 있는 빈 공간이다.
우리는 진흙으로 그릇을 만들지만
우리가 원하는 것을 담아내는 건 그 안의 빈 공간이다.
우리는 집을 짓기 위해 나무를 베어 내지만
그 집의 진정한 가치는 내부 공간에 있다.
우리는 살아 있는 존재와 함께 일하지만
우리가 정작 사용하는 건 살아 있는 것이 아니다.

늘 채우려고만 하는 생활에서 벗어나 비어 있음, 그 텅 빈 무를 통해 삶의 진실을 본다. 아무것도 없음에 시선을 던지고 귀를 기울이면 많은 걸 얻고 배울 수 있다. 입의 침묵, 몸의 침묵, 마음의 침묵을 통해 발견하는 기쁨. 아무것도 하지 않음으로써 인생의 흥미로움을 발견하고 채워 갈 수 있는 것.

마음 깊은 곳으로부터 여유를 얻으려면 변화해야 한다. 변화하려면 반드시 버리고 포기해야 할 것들이 있다. 늘 애지중지하던 것들을 버리는 것이다. 새로운 것을 시작하기 위해 남겨진 채로 마음에 걸리는 것부터 해결해야 한다. 원망하거나 미워하는 싫은 사람을 용서하고 포기하는 것이다.

사람이 변화하기 힘든 이유는 과거를 정리 못 하고, 버리지 못하고, 애쓰지도 않으면서 매달리는 꿈들 때문이다.

현관을 정리하고, 책상을 정리하니 버릴 것이 한 짐이다. 단 두 달 동안인데도 그렇게 많이 나왔다. 이렇게 물건을 정리하는 동안 마음에서도 버릴 것은 버려야지 하고 다짐하게 된다.

서울로 이사 오고부터는 운동할 때 말고 나는 더 이상 허겁지겁 뛰지 않는다. 하루에 약속도 두 건 이상 만들지 않는다. 약속을 잡았다가도 하나 포기하면 그렇게 마음이 편안할 수가 없다.

✀

진정한 웰빙은 내가 얻은 깨달음을 타인과 나누려고 노력하는 자세다.
그럴 때 우리는 감각적인 욕망에서 벗어나 영혼의 자유를 되찾을 수 있다.
행복하게 사는 길이 거기에 있다.
- 크리스티 털링턴

희망을
리필하는
집안
이야기

나는 이산가족 2세대다. 나의 외가 식구들은 모두 이북에 있다.

가족을 그리워하는 어머니의 그 숱한 나날들이 얼마나 힘들고 고단했을까. 생각을 더듬어 가기도 참 아프고 서러움이 가득하다. 시골에서 약사로 돈 벌면서 정치가인 아버지 뒷바라지에 4남매를 대학까지 보낸 어머니의 삶의 세세한 부분이 떠오른다.

내가 서른 살이 될 때까지 어머니는 거의 30년 동안 휴일도 없이 약업으로 생활비까지 벌었고, 늘어나는 빚더미로 쉬지도 못하시다 결국은 6년 전에 돌아가셨다. IMF 때 고향 집 형편이 몰락하기 전까지 어머니께서 한 달에 5만 원에서 10만 원을 내 손에 쥐어 주셨다. 그 당시 형편이 어려운 자매들도 나를 위한 기도 글과 함께 1만 원, 2만 원이라도 손에 쥐어 주었는데, 지금 생각해도 눈물겹다.

이러다 굶어 죽으면 어떻게 하나 하는 강박에 시달리면서 초등학생 글짓기 수업으로 생활비를 벌며, 글을 쓸 때나 사진을 배울 때 나는 미치도록 열심히 작업했다. 두 번째 시집 《세기말 블루스》가 베스트셀러 1위에 오를 만큼 인기를 끈 후 잘 나가는 시인이 되는 은혜를 받기까지 어머니의 고마움이 가장 컸다. 그 고마움을 어찌 살아서 다 갚을 수나 있을까. 지금껏 어머니께 미안한 게 있다면 대 주신 전세금 빼서 사진 배운 거랑 그 나머지를 아직도 갚지 못한 사실이다. 그 미안함을 얘기하면, 이렇게 말씀하신다.

"살기 힘들어도 그 돈을 내가 받을 수 없는 거다."

어머니께서 전세금 대 주실 때 나 사는 전셋집 기둥이 어머니 뼈로 된 듯 마음이 아파 와서 그럴 때마다 더 열심히 작업에 몰두했다.

내가 스물아홉 살 때 어머니가 백내장 수술로 병원에 열흘간 입원하셨을 때도 기억난다. 그때 병상을 지켰는데, 간호사가 어머니가 참 곱고 미인이라는 칭찬을 했다. 그때서야 어머니가 예쁘다는 사실을 새삼 깨달았을 정도로 어머니란 존재를 잊고 살아왔구나 하고 반성했다. 함께 살다 보니 어머니의 아름다움, 고귀함을 잊고 만 것이다.

후에 어머니는 한쪽 눈을 실명하셨고, 남은 한 눈은 희미하게 물체를 확인하는 정도로밖에 잘 보이지 않았다. 마음 아픈 내가 어머니한테 바치는 시 〈하얀 열무 꽃처럼〉이다.

청청한 강물에 나를 비추어도 얼굴이 보이지 않아
강 속으로 들어갔다 검게 이끼 낀 내 얼굴 찾아 헤매다
강바닥에 쓰러진 어머니를 보았다

수십 년
노을 같은 밥을 짓느라 눈앞이 캄캄해진 어머니
쓰라린 어머니가 나를 안아 주셨다

딸아, 네 얼굴이 쓸쓸해서 빵처럼 뎁혀 놓았단다
딸아, 네 얼굴이 이제 햇빛 날리는 은 쟁반이구나
— 뜨거운 어머니 가슴이 제 얼굴이에요

기차 소리 나는 강물 위로 어머니 그림자 내 그림자
하얀 열무 꽃처럼 떠올라 둥둥 떠올라
꽃가루 흐르는 오월의 강물 위로

간간이 이북 형제에 대한 그리움에 못 이겨 "내가 죽기 전에 동생들
을 만나야 하는데… 새라도 되어 날아갈 수 있다면, 동생들을 도와줄

텐데……" 하시며 한숨짓는 어머니를 생각하면 가슴이 미어진다.

자신에게 친숙한 사람들은 마치 공기처럼 느껴져 고마움이나 귀한 가치와 아름다움을 제대로 보지 못한다. 특히 많은 어머니의 경우가 그런 것 같다. 그런 어머니에 대한 고마움을 이 글로라도 전할 수 있어 흐뭇하다.

아 버 지 그 림 자

어머니뿐 아니라 아버지의 존재도 우리가 공기처럼 당연하게 여기는 건 마찬가지다.

휴일에 종종 부모님 댁에서 묵다 보면, 아버지도 너무 편한 분이어서 아버지에게 한없이 응석을 부리는 어린 나를 발견한다. 따뜻한 호박죽처럼 늘어져 잠자고, TV도 보고, 책도 보며 뒹굴다 보면 천국이 따로 없다.

어머니가 더 편찮아지신 5~6년 전부터 아버지는 손수 집안일을 도맡아 하시고, 어머니 병수발을 하셨다. 막내 동생 와이셔츠부터 어머니 블라우스까지 다림질은 물론 요리, 청소를 척척 해내시는 거였다. 물론 투덜대실 때도 있다.

"내가 이 나이 돼서 집안일을 다 해야 하다니… 이거 참……."

이런 넋두리라도 안 하면 얼마나 답답하실까. 왕년엔 투사였고 국회의원도 지내신 분이 고무장갑 끼고 방 청소에 설거지에 병수발, 어머니가 지금껏 해오신 약업까지 거드시니 답답할 때도 많으리라. 그래도 워낙 낙천적인 분이라 금세 환한 목소리로 내 이름과 어머니를 부르신다.

젊을 때 그렇게도 어머니 고생시키시더니 이런 좋은 날도 있다. 어머니는 어머니대로 고생한 보람을 느끼실 테고, 자식들은 자식대로 아버지가 자랑스럽다.

딸과 손녀딸이 집으로 돌아갈 때면 저녁밥을 손수 해 주시면서 하시는 말씀에 가슴이 뭉클했다.

"부모 마음은 언제나 자식한테 따뜻한 밥 해 먹여 보내고 싶은 거야."

아버지가 마련해 주신 밥 냄새는 달콤하고, 애잔한 추억으로 피어나리라. 언젠가 집에 온 손님과 대화하면서 이렇게 말씀하셨다.

"나도 옛날엔 보수적인 사람이었어요. 지금은 상황에 따라 남자, 여자 할 일 따질 거 없이 서로 돕고 일해야 한다고 생각합니다."

보통 집 남자들과 달리 아버지는 확 트이신 분이긴 하다. 나라 어려울 때 몸 사리지 않고 뛰신 분이라 집안이 어려울 때마다 가장으로서 책임을, 아니 그 이상을 해내신다.

향기로운 가족의 나날

느닷없이 미치도록 외롭고 몸 아픈 어느 날 어머니가 생각나리라.

모든 일들이 순조롭게 풀려도 어머니가 그리우리라.

아무 이유 없이 서글픈 밤 어머니 무릎에 누워 응석 부리고 싶은 날,

모든 희로애락의 사연을 아버지와 나누고 싶어 목이 메리라.

　그런 날이 있으리라.

　꽃같이 이쁜, 숭늉 냄새같이 아늑한 어머니, 아버지…….

　가족은 일상을 함께하면서 좋은 일이든 나쁜 일이든 언제 어느 때 터져도 서로 정이 든 사람들이다.

　요즘 우리 삶이 실제보다 점점 빈곤하게 느껴지는 건 그 정이 든 사람들과의 신뢰가 깨져 가기 때문이 아닐까.

　아주 깊이 정든 마음은 변하지 않는다.

　언제나 내 가족이구나, 큰 숨을 내쉬며 편안해 할 수 있는 사람들인 것이다.

✼

사랑은 끊임없이 배워야 하는 것이고, 그 끝은 존재하지 않는다!
– 캐서린 앤 포터

걱정
많은
사람들을
위하여

며칠 전 후배가 예전에 함께 갔던 사주 보는 집 전화번호를 물어 왔다.

"사주팔자 보려고?"

"사주팔자 안 맞아요. 그게 맞으면 난 벌써 부자 됐어야 해요. 동생이 애를 낳아 이름 몇 개를 지었는데, 어떤 이름이 괜찮은가 물어보려고요."

"나도 이젠 안 믿어. 인생은 스스로 개척하는 거지. 전에 가끔은 재미 삼아 보았는데. 요즘엔 신경을 안 쓰고 살지."

1995년과 그 이듬해 초까지 인생이 하도 안 풀리는 것 같아 우연히 사주를 세 번쯤 본 적 있다. 믿기도 했고 기대도 했고 많이 맞기도 했다. 내용 중 나쁜 것은 피해 가고 좋은 것은 더 좋게 하려고 애쓰게 하는 데 사주팔자 보는 의의가 있다고 생각한다. 그만큼 인생이 불안하고 미래가 막연하니 뭐라도 잡고 싶은 마음에 점집도 가는 것이다. 그러나 전적으로 여기에 의존하다가는 낭패 볼 위험이 크다.

예전에 소개받은 한 남자가 그렇게도 사주팔자를 따지는 것을 보았다. 솔직히 사랑스럽지 않은 남자로 보였다. 사주도 그냥 즐기는 차원에서 봐야 하지 않을까. 인생의 많은 고민, 그 마땅한 해결책도 본인이 가장 잘 알고 있다.

건강에 대해서도 마찬가지다. 사람의 몸은 자기 치유 능력이 있어 큰 질병이 아닌 한 병원과 약에 의존하다 보면 시간과 돈, 몸까지 망칠 수 있다. 병원은 군이 찾아오지 않아도 될 사람들로 가득하다. 나약하고 불안하고 자신감 없는 현대인들이 그만큼 많다는 반증이다.

결국 몸도 마음을 따라가는 것. 나 스스로 스트레스에 시달리고 균형 감각을 잃었을 때 건강 염려증에 휘말려 봤다. 몸 어디 한 군데가 아프다고 하면 의사인 남동생은 이렇게 말하곤 했다.

"누이는 요즘 건강 염려증이 있다니까. 하루 지나 봐. 괜찮아질 테니."

그 당시 남동생의 한마디면 아픈 데가 싸악 사라졌다. 이후 병원을 잊고 산 지가 꽤 되는 것 같다. 간간이 요가 몇 동작을 하고 시간이 없을 때에는 밤에 샤워하기 전에 내 딸과 함께 춤을 춘다.

음악을 쾅쾅 틀어요.

라일락 향기 진동하듯이.

〈리틀 그린 백〉을 쾅쾅 틀고
춤을 추듯 나는 맨손체조를 하죠.

되는 일이 없어
저린 마음으로부터
불꽃이 터져 나오게 춤을 추죠.
자꾸 눕고 싶죠 일어나기 싫죠.

빈 자루처럼 푹 꺼지는
자신을 보고 싶나요.

나는 나를 바꾸고 싶어
파도처럼 몸부림치죠.

당신은 당신을 바꾸고 싶지 않나요?
기꺼이 하는 일에는 행운이 따르죠.

잘될 거야, 잘되고 말 거야! 외쳐 보고

기꺼이 하는 일엔

온 하늘이 열리고

온 바다가 출렁이고

오렌지 태양이 떠올라요!

몰두하면 현실이 뒤로 물러나 잠시 사라진다.

춤출 땐 열정으로 몸을 움직여 주고, 일할 때는 일에 몰두하면 고민이나 스트레스가 확실히 풀리고 걱정도 그 열정에 녹아 버린다.

"필사적으로 운동해야 해요. 코스를 정해서 비가 와도 눈이 와도 하고"

후배 말이 번뜩 떠올랐다. 그래, 아무리 시간이 없더라도 5분, 10분이라도 요가로 몸을 스트레칭을 해 주고, 시간이 나면 경복궁 큰 은행나무 있는 데까지라도 갔다 와야지.

사람이면 누구나 무엇에든 짓눌리게 되어 있다. 돈이든 사람이든 일이든 짓눌리고 풀어야 할 인생 숙제는 늘 끊이지 않는다.

누구나 걱정 없이 살기가 쉽지 않다. 그런데 대부분 필요 이상으로 두려움과 걱정에 매여 많은 시간과 에너지를 낭비한다. 여기서 중요한 것은 삶의 걱정들을 얼마나 빠르고 현명하게 해결하느냐다.

윌리엄 제임스의 말대로 행복할 수 있는 길 중의 하나는 "의지로 해결 안 되는 일을 고민하지 말라"이다.

⌘

우리가 하는 걱정거리의 40퍼센트는 절대 일어나지 않을 일에 대한 것,
30퍼센트는 이미 일어난 일에 대한 것,
22퍼센트는 사소한 일에 대한 것,
4퍼센트는 우리가 바꿀 수 없는 일에 대한 것이다.
나머지 4퍼센트만이 우리가 대처해야 하는 진짜 일이다.
즉 96퍼센트의 걱정거리가 쓸데없는 것이다.
- 어니 젤린스키

힘들 때
좋아하는
것들을
떠올려
봐

내가 살던 한옥집은 겨울이 되면 외풍이 세고 추웠다. 그래서 낮에는 집에 있지 못하고 카페와 빵집을 전전하며 책을 읽었다. 어쩌면 나는 바깥의 눈보라보다도 마음속 슬픔이 더 견디기 힘들었는지 모르겠다. 견딜 수 없이 힘든 시간들을 책이라도 읽지 않으면 사는 게 사는 것이 아니었다.

좋아하는 책으로 인생은 변한다. 현실의 고통을 뛰어넘고 자극 받고 삶이 달라진다. 삶이 힘들 때 좋아하는 것으로 슬픔과 우울을 이길 수 있다.

우리가 제대로 숨 쉴 수 있는 건 자신이 좋아하는 것 때문이다. 본능적으로 좋아하는 것. 그것들을 떠올리면 얼마나 인생이 부드럽고 가슴이 뿌듯해지는가. 좋은 것들. 미래를 영원히 잇지 않아도 숨결을 좀 더 따뜻하게 만들고 순간의 의미를 곱게 매듭 짓는다. 내 방에서 나의 존재감을 굳건히 만드는 것들은 어떤 것일까. 나는 세어 본다.

화초, 물뿌리개, 가늘고 푸른 펜, 모자, 가늘게 내 존재의 흔적을 남기는 글씨, 푸른색 가방, 노트 위로 푸르게 부는 바람… 부드러운 이 바람은 얼마나 좋은가. 그냥 덧없다고 체념하며 슬픔에 잠길 때 내가 좋아하는 것들을 바라보고 만지면 조금이라도 가슴이 푸근해진다.

문득 사랑하는 어머니가 그립다.

병원에 입원해 계신 지 반 년이 넘었을 때였다. 몸이 많이 아파 거동을 못 하시는 어머니. 거의 매일 어머니한테 전화를 했었다.

"엄마, 보고 싶어서 전화했어."

"그래, 고맙다."

"오늘 엄마 주려고 예쁜 치마 샀어. 운동도 하고 밥이랑 약도 잘 챙겨 먹고, 씩씩하게 보내야 돼. 엄마 오래 살아야 돼. 우리 자식들이 얼마나 엄마를 사랑하는 줄 알지? 사랑해."

"사랑해"라는 말을 하고 나자 가슴이 벅차오른다. 먼 바다를 바라볼 때처럼 현기증이 났다. 어머니를 잃어버릴까 두려워 터져 나오는 엄마라는 말. 그러나 지금 의식불명이신 어머니. 아무 대답도 없으시다.

그러나 나는 들을 수 있다. 마지막 통화 때 어머니의 인사가 내 마음을 울린다.

"우리 다시 만나자!"

어머니와 다시 만나기 위해 우리 가족들은 병원을 지키고 간절히 기도하고 있다.

어느새 눈이 내리고 꽃바람이 흩날릴 것만 같다. 세상의 끝이 아닌 세상의 시작을 알리는 이곳에서.

잊히지 않는 눈이 내렸으면 좋겠다. 신과 가장 가깝게 만드는 눈발이.

✄

사람은 만족하기 위해서가 아니라, 기뻐하기 위해서 태어났다.
- 폴 클로델

고통과 슬픔, 분노와 좌절 속에서 갖는
최선의 마음가짐은 뭐든 배우며 노력하는 자세다.
그런 자세만이 창조적인 에너지를 만들 수 있다.

4부

나를
만나는
시간

어디로 가든 돌아올 곳은 집밖에 없듯이
자신밖에 없잖은가

자신의 슬픔이나 괴로움도 피하지 말고,
온전히 내 몸의 일부로 여겨보자

흘러간 사랑, 기분 나쁜 일,
상처받는 말들… 바람 속에 다 흘려버리자
흘린 눈물 만큼 강해지는 자신을 만난다.

다시 잠잠히 있어 보자
느긋하게 사는 재능이 되살아난다.

때로
운명은
암담하고
바다
골짜기보다
깊은
것

홀로 흐리고 어둡기만 할 때, 한없이 외로울 때, 금전운, 남자운 다 지지리 궁상에 식구들 죄 따로 노는 콩가루 집안에다. 출세길 자살길 다 막히고, 하는 일 족족 도루묵일 때, 너무 우울해서 우울의 밑바닥까지 닿았을 때, 나는 신앙 서적만큼이나 노자의 말씀을 가슴에 담곤 한다.

"남을 아는 사람은 슬기롭지만, 자신을 아는 사람은 더욱 명철明哲한 자다. 남을 이기는 사람은 힘이 있는 자이지만, 자신을 이기는 사람은 더욱 강한 자다. 만족할 줄 아는 사람은 넉넉하고, 근면하게 노력하는 사람은 뜻이 있는 자다. 자신의 위치를 잃지 않는 자는 장구할 수 있고, 사력을 다해 생의 길을 찾는 노력을 그치지 않는 사람은 장수할 것이다."

인생과 진리의 흐름을 심오한 시같이, 구름같이, 강물과 바람같이 풀어 놓는다. 노자의 《도덕경》은 내게 여전히 비의로 가득한 경전이다. 우울할 때 간간이 노자를 술처럼 마시면, 책 속에 눈이 내리고 은빛 강물이 유유히 흘러간다.

"욕망을 줄이고 자연의 소박함으로 돌아가자.(見素抱樸 少私寡欲)"라는 노자의 외침은 처세와 자기 성장뿐만 아니라 21세기의 생태와 환경 문제를 푸는 데 중요한 필독서다. 부드러움이야말로 죽음처럼 강한 것을 이긴다는 생명의 말. 경쟁과 폭력이 춤추는 자본주의 삶을 바꿀 비전이 꿀처럼 흘러내린다.

인류 문명사에서 《성경》만큼 많이 읽히는 책, 그의 생몰 연대와 심지어 실재한 인물인지 논란이 큰 만큼이나 동양의 고전 중에 가장 많은 번역본을 가졌다고 한다.

성경을 읽듯 노자를 읽다 보면 신비로워서 황홀할 정도다. 2천5백 년 전 중국 춘추 시대의 사상가 노자, 도道를 터득한 자의 말씀은 영원한 생명수다.

모든 겉치레와 허위의식에서 벗어나 현대인에게 진정한 살 길을 가르쳐 준다. 우주 자연에 호흡을 맞춰 인생의 깊은 맛을 맛보며 소박하고 겸손하게 살라는 뜻을.

노자의 말을 깊숙이 되뇌면 금전운, 남자운, 지지리 궁상, 따로 노는 콩가루 집안에, 출세길 자살길 다 막히고, 하는 일 족족 도루묵이라는 푸념은 사라진다.

끝내 노자로도 안 될 때, 그래도 힘이 들 때는 어떻게 해야 할까. 잠을 자든가, 음악을 듣고, 되는 대로 지내야겠지. 빅뱅의 노래들, 롤링 스톤스의 〈페인트 잇 블랙〉도 좋겠지.

※

우리는 다른 사람 또는 그 어떤 것과 사랑에 빠지지 않으면 병들 것이다.
– W. H. 오든

영혼의
눈을
뜬
사람

지금이 몇 시지? 잘 떠지지 않는 눈을 비벼 보니 저녁 7시다.

한 시간쯤 잤나 보다. 꼼짝할 수도 없이 배가 아픈 채로 약을 먹고 누웠는데, 벌써 밖은 푸르스름하게 저녁이 내리고 있다. 멀리서 차 소리가 흘러오고 흘러간다.

서늘한 바람만 휘돌아 간다. 요즘 밤엔 계속 두세 시간 자다가 새벽에 깨어났다. 눈물이 주르르 쏟아졌다. 한 달 전에도 작업 스트레스 때문에 위염에 시달린 적이 있다. 식은땀이 나고 꼼짝할 수도 없을 정도로 배가 아픈데, 약 사다 줄 사람도 없이 끙끙 앓았다.

마침 광화문에 일이 있어 나온 동료 시인 김수영이 약을 사다 줘서 간신히 통증을 가라앉혔다. 그녀는 나의 오랜 지인이다. 우리는 서로 깊이 신뢰하고 혈육처럼 아끼고 사랑한다. 그녀의 화끈하고 거침없고, 옳다고 믿거나 좋아하는 것에 올인하는 성격이 나와 흡사하다. 10년 넘게 정이 들었다.

몸이 아플 때 누가 곁에 있었으면 좋겠다는 소망이 간절하다. 아플 때는 예전에 사귀었던 사람도 아쉽다. 몇 번 사람을 소개도 받아 봤으나 그것도 여의치가 않다. 연애든 뭐든 서른에 비해 신중해야 한다는 마음가짐은 영성에 대한 관심에서 비롯된다. 서른 중반 넘어서부터 싹트기 시작한 그러한 관심은 불혹이 되면서 더욱더 강렬해졌다.

몸과 영혼을 나눌 사람을 만나고 싶다는 생각에 마음 가라앉히고 일하지만 일단 외로움이 거침없이 밀려오면 감당하기 힘들다. 힘든 그 순간은 모든 힘을 잃은 채 처져 있다가 딸아이의 얼굴을 보고 다시 기운을 차린다.

영혼… 안개 같기도 하고, 며칠 전 마당에서 본 푸른 실잠자리 같기도 한……. 손에 잡혀지지 않는 이것에 대해 친구들에게 물어보았다.

먼저 사진 찍는 후배 H.

"넌 독실한 천주교 신자니까 네 영혼을 느껴 본 적 있겠지?"

"마음의 도를 닦긴 하지만 제 영혼을 느낀다는 건 잘 모르겠어요."

"세상에서 떠드는 영혼 얘기는 다 뻥인가?"

내 식의 농담에 그녀는 웃었다. 서른 중반인 H와 달리 스물한 살짜리 대학생 정현이는 마음이 맑고 착한 사람한테서 영혼과 흡사한 것을 느꼈다고 한다. 그 말에 나도 깊이 공감한다.

또 한 친구, 기독교 신자인 익희에게 물었다.

"내 생각, 내 육신 외의 것이 영혼이랄까. 영혼이 거듭난다는 말 있잖아. 예전의 나쁜 것을 버렸을 때 영혼이 맑아지고 깨끗해지잖아."

그녀는 신의 은사를 입은 이가 상처 받은 사람을 위해 기도하면 그가 맑아진다는 얘길 덧붙인다. 문득 내 체험을 얘기했다.

"그러고 보니 희망을 품을 때도 영혼을 느껴. 난 빛으로 가득한 채 무거웠던 몸이 쑥 빠져나간 기분일 때가 가끔 있어."

신앙 속에 깊이 발을 들여놓지도 못한 채 문밖에서 서성이는 나이지만 희미하게나마 하나님의 신비를 느껴 본 기억들이 있다. 나로부터 벗어나 광활한 자유의 느낌을······.

새롭고 아름다운 풍경을 보았을 때, 아낌없이 피고 지는 꽃과 너른 바다 위 폭발하듯 저무는 노을을 볼 때. 명찰明察한 순간, 영혼의 눈을 뜨게 만든다. 아주 깊고 신비스러운 이 경험. 모든 사물과 사람과 자연이 나와 이어져 있다는 감각을 키워 준다.

심각하게 몸살을 앓을 정도로 마음을 비운다는 것. 텅 빔. 움켜쥔 것들을 편히 다 놓아 버린 상태는 아니지만 언제나 비워 내는 마음 자세로 산다. 낡은 방식을 버리는 건 그동안 안전하게 살아온 삶을 버리는 것. 그리하여 새로운 자신을 만나는 것이 중요하다.

영혼의 눈을 뜨지 않고는 인생을 살았다고 말할 수 없으리.

나무 한 그루, 구름 한 점, 풀 한 포기에 감사하고 감동할 줄 아는 순간. 만물을 신선하게 바라볼 줄 아는 순간. 누구나 그런 순간은 온다. 영혼의 눈을 뜨는 순간이.

그 순간은 신의 손길을 느끼는 때이며, 이때 누구나 시인이 된다.

✄

우리가 영혼을 창조하는 것을 얻을 때만이 삶은 어떤 의미를 갖는다.
– 메이 샤르턴

명상과
기도로
그대
상처가
잠들기를

상처 입고 지친 사람들은 어떻게 흘러가나.

무엇으로 용기를 얻고 슬픔과 괴로움에서 벗어나나.

지친 내 몸과 내 마음을 쉬러 경복궁으로 간다. 서문 쪽의 은행나무 아래 나무 의자로.

잠잠히 의자에 앉아 눈을 감는다.

그 나무 의자에 앉으면 가까이서 멀리서 들리는 광화문 앞 차 소리는 흔들리는 파도다. 희미한 달빛 속에서 나는 지그시 숨을 크게 들이마신다. 경복궁의 아늑한 숲과 은행나무와 느티나무에게서 에너지를 얻는다.

잠시 묵상 후 집으로 돌아온다.

세상 만물과의 일체감을 명상, 묵상, 간절한기도의 체험에서 얻는다. 그 속에서 모든 괴로움은 치유된다.

'명상'하면 떠오르는 라즈니쉬. 요즘은 '오쇼'라고 하는 것 같다. 나는 오쇼 라즈니쉬의 책들을 참 좋아한다. 그의 자서전이 참 좋았다.《내가 사랑한 책들》,《내 안의 나를 찾아라》 등 시적 영감으로 가득 찬 그의 글. 쉬우면서 깊고, 아름답고, 늘 독자들에게 영혼의 날개를 달아 준다.

지성적으로 사는 데에는 지식이 필요한 게 아니라 명상이 필요하다. 좀 더 깊은 침묵이 필요하다. 생각을 덜어 내고 가슴을 채워야 하는 것이다. 자신이 하는 일을 사랑과 명상으로 할 때 청소조차 창조 활동이 될 수 있다. 그러므로 사랑으로 하라! 안에서 노래 부르고 춤을 추면서 하라! 순간을 기쁨으로 사는 것은 내면이 성장하는 길이다.

하나하나의 창조 활동은 그대를 변화된 사람으로 만든다. 열반이란 평범한 삶을 깨어서 사는 것이다. 평범한 삶을 충만한 의식과 빛으로 사는 것이다.

"명상이 곧 창조다. 에고가 사라짐으로써 그대 안의 상처가 사라진 다"라고 한 라즈니쉬. 참으로 맞는 말이다. 나로부터 벗어나면 상처도 별게 아닌 것이다. 방 안에만 있다가 시장에 나가면 내 고민이 시시하게 느껴지듯이.

오쇼는 1931년 12월 인도 북부의 쿠츠와다에서 태어나 어린 시절을 히말라야에서 보냈다. 대학에서 철학을 전공한 후 9년간 철학 교수를 지냈으며, 인도 전역을 여행하면서 1970년대 중반에 이미 '살아 있는 부처'로 알려졌다. 인도 중부 '뿌나'에 명상 센터를 세워 새로운 인간 의식 실험의 장을 펼쳤다. 그의 독서량은 엄청났다. 자신의 체험을 사람들에게 가장 잘 전하기 위해 만화책, 탐정소설 등 읽지 않은 책이 없을 정도였다. 그의 독서량은 진리를 찾는 전 세계인들을 매혹시켰다. 오쇼의 강연과 글은 그들의 저수지가 되었다.

시적 영감으로 가득 차 있어서인지 그의 글은 신선하다. 그의 글을 읽으면 머리가 맑아지고 가슴 따뜻하니 더없이 행복하다. 그가 말하는 명상은 종교와 무관하다. 그러나 가톨릭과 기독교의 묵상과 기도와 다르지 않다고 본다. 명상과 묵상, 기도는 꿈과 가능성을 열어 가는 것. 명상은 일상과 관계의 얽매임에서 벗어나는 것일 테고, 묵상도 그런 해방감 속에 신의 사랑을 받고 그분 안에서 쉬는 것일 것이다. 묵상은 큰 사랑으로 가는 길이며 신의 섭리를 깨닫고 겸손을 배우는 것이다.

기독교에서도 사람의 호흡은 곧 생명이다. 숨을 내쉴 때 자신의 헛된 욕망이나 온갖 더럽고 쓸데없음, 두렵고 혼란스럽고 자신을 갉아먹는 부정적인 에너지를 버리는 것이며, 숨을 들이마실 때 신의 손길, 신의 에너지가 들어오는 것이라고 믿는다.

넉넉히 바라본다. 삶과 죽음을. 슬픔마저 푸른 빛깔로 환히 내 안을 비춘다.

　내 서른 초반에 열심히 봤던 성바오르 출판사의 《하느님께 나아가는 길: 47가지 묵상 기도 방법》에서 줄 쳐 놨던 대목들을 다시 곱씹어 보면 인생에는 불가능이 없다는 것을 알게 된다.

　여러분은 생각하고 말하는 영역에서 벗어나서 느끼고, 의식하고, 사랑하고, 직관하는 영역으로 옮겨 가는 법을 배워야 합니다. 바로 거기서 기도는 곧 변화시키는 힘이 되고, 영원한 즐거움과 평화의 원천이 되기도 합니다. 자기 주위의 차갑거나 더운 공기를 느끼세요. 자기 몸을 스치며 지나가는 산들 바람을 느끼세요. 살갗에 와 닿는 햇볕의 따스함을 느끼세요. 만지고 있는 물건의 질감과 온도를 느끼세요. 우리가 누리는 생의 가장 좋은 것들은 모두 거저 주어졌습니다. 시력과 건강과 사랑과 자유와 그리고 생 자체를 모두 거저 받았습니다. 유감스러운 것은 그것들을 진정으로 즐기지 않는다는 것입니다. 우리는 이차적인 것들, 즉 돈, 좋은 옷, 명성 등을 충분히 누리지 못한다는 것을 지나치게 걱정하고 있습니다.

　위에서 말한 이차적인 것들은 가슴보다 머리를 써야 하는 것들이다. 세상의 너무 많은 사람들이 가슴보다 머리로 살아가고 있다. 여유도 없이 머리로 살다 보면 감수성이 죽어 버릴 수밖에 없다. 그래서 메말라 가는 현대인들에게 묵상과 기도는 화분에 매일 물을 주는 일과 같다.

자기 생명을 깊고 부드럽게 키워 가는 것. 생활 속에서 묵상과 기도는
절실하다.

✻

정말 명상적인 영혼은 가장 뛰어난 비전을 지닌 영혼이 아니라
믿음과 사랑 속에서 하나님께 가장 가까이 일치된 영혼이며,
그분 안으로 흡수되고 변화되도록 내맡기는 영혼이다.
- 토머스 머튼

어떤
일이
있어도
웃음을
잃지
마

일에 몰입하다 보면 아무것도 필요 없고 혼자서도 충만하다.

그래도 해질 무렵이나 바람 불고 눈 내리는 날이면 누군가 내 곁에 있어 주길 얼마나 바라는가.

그러나 정작 있어 주기를 바랄 때 곁에 아무도 없을 때가 참 많다. 혼자서 왔다 갔다 서성이고, 혼자서 모든 일을 다 해내고 애 키우고 일찍 일어나 일하고 낮에도 일해야 하는데, 아아, 때로 사는 게 끔찍해. 니체는 "차라리 고난 속에 인생의 기쁨이 있다"라고 했는데 고난 당할 때는 너무 정신 없어 외로울 시간도 없다. 느닷없이 고요해지면 감당 못 해 인생의 친구에게 좌절이란 이모티콘을 날린다. 조금 후에 전화가 왔다.

"내 맘대로 흘러가지 않는 인생에 좌절했지."

"좌절하면 큰일 나. 좌절하지 말고 우절해야지."

'우절'이란 말에 코가 나올 정도로 웃음이 터졌어. 힘겹다고 말할 때 용기를 주시는군. 늘 그 자리에 느티나무처럼 느긋하게 서서. 그대의 유머와 따뜻함이 고마워라고 인사를 했다. 이제 다시 못 볼 친구에게.

프랑스 신세대 소설가 마르탱 파주의 소설 속 말이 생각난다.

"우아함이란 어떤 일이 있어도 웃음을 잃지 않는 태도를 수식할 수 있다"

그렇다. 인생은 지지리 궁상이라도 그 속에서 피워올리는 웃음은 진흙 속의 우아한 연꽃임을. 정말 힘겨울 때 시원한 프리 킥 골이 골문에 날아들 때처럼 유머는 마음을 부드럽게 감싼다.

소통의 어긋남이 주는 엉뚱한 얘기 또한 유머만큼이나 즐겁다.

언젠가 문학상 시상식 뒤풀이 자리에서 일어난 일이다. 술자리는 늘 시끄럽다. 젊고 활기에 차 있다. 소설가 김영하가 문학상 수상자였다. 그의 예쁜 아내도 자리했다. 두 부부가 고양이 두 마리를 키우고 있다는 얘기를 듣고 내가 물었다.

"고양이 이름이 뭐지요?"

"고향이요? 부산입니다."

나는 그때 아, 고양이 이름이 부산이라니, 참 독특하다고 생각했다.

부산스러워서 '부산'이라고 이름 지었나 보구나 했다. 나중에 잘못 들은 얘기를 했더니 다들 웃었다.

본의 아니게 실수로 나타난 재미있는 말, 유머스러운 표현, 미소, 웃음 등은 현대적인 커뮤니케이션의 양식이다.

우연이든 자생적인 유머든 웃음 연구실에서 조사한 유머의 파급 효과는 다음과 같다.

보다 활기찬 대화가 이루어진다/상황이 부드러워진다/유익한 거리감이 생긴다/긴장이 완화된다/경쾌함이 생겨난다/솔직한 대화가 이루어진다/ 좋은 분위기가 조성된다/주의력이 상승된다/신중한 사고를 자극한다/동등한 상호 관계가 장려된다.

그렇게 웃음으로써 술자리의 분위기는 부드럽고 푸근해진다. 마음이 편안하다. 그 편안하고 부드러움이 얼마나 좋은지 안다. 내 생활에서 적극적인 변화의 하나는 바로 유머로 활력 되찾기다. 피로해도 활력이 생기고, 속이 시원하도록 웃고 나면 심각한 일들은 뒤로 물러난다.

"웃음은 거의 참을 수 없는 슬픔을 참을 수 있는 어떤 것으로, 더 나아가 희망적인 것으로 바꿔 줄 수 있다"라는 밥 호프의 말을 실감한다.

재미있게 사는 감각을 찾고 이어가다 보면 많이 웃게 된다.

그 감각을 찾으려면 재미있게 사는 사람이 어떠한지 살펴야 한다.

웃는 사람은 실제로 웃지 않는 사람보다 더 오래 산다.
유머가 흐르는 곳은 늘 싱그러운 바람과 향기로 가득하다.

⌘

가장 황량한 날이란 한 번도 웃지 않은 날이다.
– 세바스티앙 생포로

그대는
얼마나
가져야
만족하는가

마음의 평화… 누구나 꿈꾸는 것. 그 평화로움을 이사 한 번으로 손에 쥐었다. 믿을 수 없게도 장소를 옮겨도 크게 얻을 수 있더라.

　대학 도서관과 가깝다는 이유로 7년을 산 한 동짜리 나 홀로 아파트를 떠나 한옥 전셋집을 운명처럼 만났다.

　"그냥 집을 거저 얻었네"라는 농담을 들을 만큼 전셋값에 비해 집은 분위기와 격조가 있다. 남향에다 리모델링 되어 예쁘고 넓은 마당 하나만으로도 굉장히 평화롭다. 시간도 천천히 가는 기분이다. 내 다락방과 작은 툇마루까지 자연 소재로 된 전셋집에 만족하며 커다란 안정감을 얻고 있다.

내 사는 집이 주로 흙과 나무로 이루어진 것이 흐뭇하다. 처마 밑에는 제비가 손수 만든 제비집까지 고스란히 남아 있어 추억에 대한 향수를 안개꽃처럼 아련히 흔들어 놓는다.

한옥은 내 피부처럼 친밀감이 느껴진다. 이것이 늘 기묘하다.

바람에 실려 오는 재스민 꽃 향기를 마음껏 들이마신다. 지금이 아니면 언제 이 향기를 맡으랴.

"엄마, 이 집에서 오래 살자. 내가 클 때까지 말이야. 내가 크면 엄마는 할머니 되고, 그럼 내가 모실 거야."

"정말, 엄만 행복하네."

다락방에서 소꿉놀이하던 딸이 어느 틈에 계단으로 내려서서 큰 소리로 내게 말하는 것이다.

지금이 아니면 언제 딸의 여섯 살, 그 아름다움을 느낄 수 있을까.

매일 정성을 담아 가꾸는 화초, 참새와 까치, 하늘대며 내 가슴을 얇게 띄워 주는 흰 나비, 보라색 나비, 이 모두가 내게 사랑을 전해 주고 있다. 빨아 널은 옷에서 나는 태양 냄새, 바람 소리, 빗소리… 지금 감사하지 않으면 언제 고마워하나.

지금 내 통장에는 일곱 달 살 돈이 있다. 연재 건은 하나밖에 없다. 간간이 들어오는 인세로 1년을 알뜰살뜰 살아볼 생각이다. 재산도 없지만 재산을 불릴 여력도, 마음도 없다.

그러나 작업은 치열하게 할 것이다. 열심히 하다 보면 어떻게 되겠지하는 낙천적인 마음으로 지내기로 했다. 우리는 얼마를 가져야 만족할까? 현대인의 가장 큰 문제는 얼마를 가져야 욕망이 충족될지 모른다는 점이다. "우리를 구원하는 건 청빈을 적극적으로 받아들이는 방법" 밖에 없다. 욕망을 교육하는 방법은 청빈한 생활과 내면의 기쁨을 늘려가는 중요성을 가르치는 것이다.

— 생활의 단순화, 신성함에 마음과 인생의 목적을 분명하게 하기.
— 지금 이 순간 온 기쁨을 만끽하기.
— 지금 할 수 있는 일을 하기.
— 물과 같이 흘러가기.
— 돌에 부딪쳐도 물이고, 갯벌을 넘나들어도 똑같은 물이듯이 평상심을 잃지 말기.
— 숨을 깊게 내쉬기.
— 음악을 크게 틀어 놓고 춤을 추다가 몰두하여 일하기.

그 외의 것은 신의 손길에 맡기는 수밖에 없다.

✳

놓는 법을 배워라. 이것이 넘치는 행복으로 나아가는 열쇠다.
- 붓다

가장
행복했던
순간,
새만금

순리라든가 신의 축복, 그 의미를 깊이 깨달은 장소가 있다면 제일 먼
저 생각나는 곳이 김제 부안 땅 앞바다에 거대하게 자리 잡은 새만금
갯벌이다.

1998년인가, 새만금 간척지 가운데 하나인 신포 갯벌을 맨발로 걸어
다닌 적이 있다. 한 모임에서 마련한 갯벌의 소중함을 체험하기 위한 행
사였다. 바닷물이 빠져나간 갯벌은 그야말로 광대했고, 일상에서 볼 수
없고 얻을 수 없는 곳이 여기에 있었구나, 하고 놀랐다.

흰 구름이 길게 누워 빛나고 있었고, 태양빛은 뜨겁게 쏟아져 내렸
다. 그토록 보드랍고 조용하면서 삶의 열기로 가득한 갯벌. 보슬보슬

비단결 같고, 아슬아슬하게 아주 감각적이었다. 시간에서 벗어난 극락의 한 모습. 내 발이 끝없이 빠져 들 것처럼 어질어질했다. 일행은 행복감과 염려의 가슴을 안고 아득히 먼 무인도까지 걸어갔다. 그대로 사라져 갈 듯이 사람들은 아주 작아지고 있었다.

한 봉지에 4천 원이었던 희고 작은 백합조개를 사 들고 온 날 밤. 조갯국의 그 은근한 맛은 지금도 잊을 수 없는 귀한 추억이 되었다.

그날 신포 갯벌에서만 게, 바지락, 백합조개, 꽃게 등 바다 음식의 하루 생산량이 무려 1억 8천만 원에 해당한다는 사실을 알았다. 썩은 갯벌을 고르기 위해 서울 남산만 한 산 150여 개가 필요하다는데, 새만금 공사가 얼마나 미친 짓인지 관심도 없는 사람이 많다는 사실이 그저 놀라울 뿐이다. 땅과 바다가 만나 숨 쉬는 갯벌이 바다 오염을 막는 거대한 필터로서, 모든 철새의 서식지로서, 바다 양식의 보고로서 그 무한한 가치를 따져 보면 우리가 마지막까지 지켜야 할 곳임을 뼈 아프게 알면서도 지키지 못하는 슬픔을 어찌 다 말할 수 있을까.

지금도 그리운 신포 갯벌은 가슴속에서 포도주처럼 붉고 아프게 천천히 잔물결을 일으킨다.

어린 딸과 밀려가는 바닷물 따라 걷고 싶은데 이미 갯벌은 썩고 폐허가 되었다. 어리석은 대법원 판결과 물막이 공사가 끝난 후 걷잡을 수 없이 죽음의 땅이 되었다는 소식을 인터넷에서 확인했다. 그 아름다운 갯벌은 시흥에 있는 시화호와 같은 운명을 걸을 것이 환히 보인다. 많은 지식인은 무얼 하는 건지 한숨이 연기처럼 터져 나온다.

독일에서는 갯벌을 국립공원으로 지정, 생태 관광으로 엄청난 수입을 거둘 정도로 전 세계적으로 에코 문화 관광 추세로 바뀌고 있는 상황이다. 이제 무엇을 하고 무엇을 만들든 지구적 차원에서 생각하지 않으면 안 될 생존 패러다임이 펼쳐지고 있다.

가슴 저리게 그리운 추억의 장소. 내 마음속에 가장 아름다운 이미지로 남은 하나의 풍경. 언젠가 새만금 기도 순례에 내 딸과 참가했을 때, 새만금을 되살리려는 사람들의 노력은 가슴이 숙연해질 만큼 눈물겨웠는데, 다 덧없는 슬픔만 남기고 말았다.

인생의 많은 부조리와 괴로움은 왜 살고 어디로 흘러야 하는지 모르고 그것을 알려고 시간을 내지 않는 데서 생기는 게 아닐까. 여전히 마구잡이 개발로 원시적인 자연이 사라지는 한국 땅을 봐도 그렇다. 그저 미력한 나 자신이 가슴 아프고 안타까울 뿐이다.

사는 데 급급한 현대인들에게 자연은 그냥 무심코 지나치게 되는 벽에 걸린 그림과 같은 것이리라. 아무 데서나 요란스럽게 울리는 차 소리, 고함 소리에 익숙한 현대인들은 갯벌의 가치를 생각해 볼 여유도 없으리라. 가슴속에서 울려 나오는 자기 영혼의 목소리를 들을 수 없기 때문이리라.

그렇다. 도시 생활은 생활대로 해가면서 자주 자연과 벗할 때는 말없이 응시한 채 기뻐하는 수밖에 없다.

나 자신과 타인이 이어지고, 대자연과 이어져 있음을 느끼고, 눈을 지그시 감고 자연과 하나 되어 숨 쉬어 보는 수밖에······.

모든 경계가 없어지고 바람이 나인지 내가 구름인지 모르는 그 물아일체의 경지 속에서 인생은 조금 가벼워지리라.

❀

누구도 행복이 찾아올 때를 점치거나 예언할 수 없다.
다만 우연히, 어느 운 좋은 시간에 이 세상 끝 어딘가에서 마주쳐
나날이 그대로 이어지는 것일 뿐······.
- 윌라 캐서

슬픔
끝에서
환희를
만나다,
하조대

동해 바다에 가면 고래 구경을 할 수 있을까.

언젠가 TV 뉴스에서 본 고래의 모습은 가슴이 설렐 정도였다.

그 어떤 경이로운 힘이 있어 바다를 멋지게 헤엄칠까.

고래를 만지는 손의 감촉은 어떨까. 미끈미끈해서 만지자마자 손이 주르륵 미끄러지지 않을까. 바다를 가로지르며 멋지게 점프하는 고래를 안아 보고 싶었다.

다시 그 풍성한 고래를 안는 꿈을 꾸기 시작할 때 가슴에 마악 불빛이 번져 왔다. 와아! 바다가 두 눈 가득 넘쳐흘렀다.

남애리에는 방파제와 항구가 먼저 보였다.

방파제에 사람들이 바다를 향해 모여 있었다. 비단처럼 미끈한 바다를 본다는 건 복잡한 삶이 얼마나 단순한 건지 깨닫는 일이다.

세상의 헛된 욕망들을 정리하는 듯 품위 있게 누운 수평선. 고감도 필름으로 찍어도 닮지 못할 고감도 푸른 바다색.

바다 앞에 선 사람들은 그 어느 곳에서보다 아름다워 보인다. 바닷물이 출렁거리면 출렁거릴수록 더욱 아름답다.

옛날 영화 〈고래 사냥〉에서 나를 그지없이 행복하게 해 준 장면들.

바다에서 안성기가 옷을 벗고 아이처럼 뛰며 즐거워하는 모습은 그야말로 내가 꿈꿔 온 고래다.

내게 동해 바다의 의미는 답답한 일상으로부터의 탈출이요, 잠깐 동안의 낙원이다. 탈출의 입구이며, 억압된 삶의 해방구다.

망애리 포구에서 2~3분 차를 타고 가다 보면 마음을 쉰다는 의미의 휴휴암이 있다. 그리 오래되지 않은 아담한 암자다. 그곳에서 얼마 머물지 않고 떠날 생각이었다.

"예까지 와서 그냥 가시렵니까?"

비구니 스님 두 분이 바위 쪽으로 우리 일행을 안내했다.

거기에서 나는 현실의 고래 대신 거북이를 보았다. 거대한 거북바위가 엎드려 불가사의한 기운을 내뿜고 있었다.

그곳에서 5분 정도 달려가니 하조대가 보였다.

그 어떤 동해 바닷가보다 나는 하조대를 좋다. 이국적인 매력이 있어서일까. 그것도 맞지만 확 트이고 심플한 것이 내 취향에 딱 맞아서일 것이다.

칼끝처럼 빛나는 수평선, 하얀 모래밭, 그 위의 바위섬… 군더더기 없이 미학적으로 아주 뛰어난 하나의 예술품이다.

경이로운 풍광과 마주할 때나 고통스러운 일에 파묻힐 때, 이게 현실이 아닌 것 같은 심정에 휩싸여 슬퍼진다.

슬픔은 아름다움을 동반한다.

그 슬픔의 끝은 환희와 만나는 자리다.

⌘

아름다움은 우리 영혼에 직접 찾아와
가장 최선의, 가장 고귀한, 가장 즐거운 감정을 촉발한다.
– 존 F. 케네디

여행의
불빛

군산 선착장에서 선유도로 향하는 유람선에서 읽은 백석의 시집이 무척 향기로웠다. 여행길에 읽는 시 한 수, 한 수는 색다르게 다가온다.

지도상의 서해 바다는 그리 넓어 보이지 않지만 섬도 안 보이고, 끝없는 망망대해가 얼마간 펼쳐졌다. 바닷물이 푹신푹신한 시트처럼 보였다. 흐린 하늘은 점차 강한 햇빛에 떠밀려 갔다. 내가 안고 있는 기억들도 바닷물에 다 떠내려 간 듯 머리도 가슴도 텅 비워졌다.

멋지게 나는 갈매기 떼가 보였다. 배가 뜰 때와 섬에 가까이 다가갈 때, 갈매기들이 비로소 현실감을 일깨웠다.

거적 장사 하나 산 뒷옆 비탈을 오른다

아— 따르는 사람도 없이 쓸쓸한 쓸쓸한 길이다

산가마귀만 울며 날고

도적갠가 개 하나 어정어정 따러간다

아스라치전[1]이 드나 머루전[2]이 드나

수뤼취 땅버들의 하이얀 복[3]이 서러웁다

뚜물[4]같이 흐린 날 동풍東風이 설렌다

백석의 시들 중에서 〈쓸쓸한 길〉이 그 바다와 잘 어울렸다. 어제 유
난히 날이 흐려서 더 와 닿던 시였는지도 모른다. "아— 따르는 사람도
없이" 이 대목이 왜 그렇게 가슴에 와 닿던지. 내 곁에 아무도 없던 날
들을 떠올리며 그리움에 사무친 감정이 먹구름처럼 몰려와서일까?

"무슨 책을 이렇게 열심히 읽고 있어? 저 멋진 바다는 안 보고……."

"아냐. 난 두 개 다 보고 있어."

함께 온 친구가 심심한지 내게 자꾸 말을 건다. 친구는 캔 맥주를 사
오겠다며 매점으로 향했다. 조금 미안한 마음에 시집을 덮고 바다로 눈
길을 돌렸다. 아직은 서늘한 바람이다. 널찍한 바다다. 옷을 여미고 문

---

1. 아스라치전 - 앵두전, 앵두를 파는 가게 2. 머루전 - 머루를 파는 가게
3. 복 - 수리취, 땅버들 따위의 겉을 둘러싸고 있는 하얀 솜털 4. 뚜물 - 뜨물, 쌀뜨물

밖으로 나가 찍은 몇 컷 바다 사진. 내 사진기는 디지털이 아니라 아날로그이다 보니 어떻게 찍혀 나올지 궁금한 가운데 셔터를 누른다. 캔맥주 두 개를 사 들고 온 친구가 웃으면서 큰 숨을 들이쉰다.

"저기 지하에서 난리야."

"왜?"

"남자와 여자들이 춤추고 노래 부르고 있어."

밖으로 나와 아래층 지하에서 흘러나오는 빠른 리듬, 간간이 터져 나오는 함성과 함께 거친 바다를 아주 가까이 두자, 가슴속으로 몰려드는 두려움이 사그라져 갔다. 노래나 남녀들의 둔한 몸짓이 그다지 우아하거나 아름답다고 느껴지지는 않았다. 그러나 그들도 자신의 열정을 불사르고 순간에 충실한 것이리라.

캔 맥주를 오징어 안주와 함께 먹으며 나는 백석의 시를 읊었다.

오후 1시의 햇빛이 배 유리창에 반사되어 눈이 부셨다.

섬은 섬마다, 나무는 나무마다 체온이 흐르고 눈물이 흐르는 듯했다.

그렇게 섬세하고 여린 잎과 나뭇가지를 통해 살아 있음의 환희를 느끼는 순간, 멀리서 또 꽃이 피었다 졌다.

✼

사람은 늙어갈수록 자신이 통과하는 풍경의 광채에서
몸을 빼내기가 점점 어려워지네.
– 파스칼 키냐르

바쁠
것
없다,
천천히
가자

우리의 목적지인 안면도 꽃지 해수욕장을 가기 전에 삼길포항의 한 횟집으로 들어갔다. 오후 2시. 점심은 조금 늦었지만 조촐한 낮술을 하기에 적당한 시간이다.

횟집에 들어서자 에어컨이 바람 소리를 내며 무섭게 돌아가고 있었다.

"여기도 에어컨을 펑펑 트네. 아무리 더워도 이렇게 흥청망청 에너지 소비하다간 나라 망하겠어."

"이모, 또 애국지사 발언 시작됐네. 우린 에어컨 없으면 못 살아요."

중학생 조카가 하는 말에 나는 거품이 일 듯 열이 부글거렸다.

"그래도 자연 바람이 최고인 거야. 더위도 참다 보면 견딜 수 있어."

나는 더위나 추위에 잘 견디고자 내공을 쌓아 온 터라 이렇게 더위를 못 참고 에어컨만 틀고 지내는 사람들을 이해하기 어렵다. 물론 습관이지만 석유 한 방울 안 나오는 나라에서 이처럼 주제 파악을 못 하는 일은 답답하다.

　"장난치지 말고 이모 말 귀하게 여겨야지. 오랜만에 가족이 모인 자리니까 조용히 하고…… 아버지 말씀 좀 듣자고."

　조카들을 나무라는 내 여동생. 다들 아버지께 시선이 모아졌다.

　"이렇게 가족이 모이니 좋구나. 함께 먹는 식사는 더 맛있는 법이다. 노산 이은상의 시 〈적벽유〉를 보면, 이렇다."

　백년도 잠깐이요
　천년이라도 꿈이라건만
　여름날 하루 해가 그리도 길더구나
　인생은 유유히 살자
　바쁠 것 없으니

　"인생은 어차피 삼수갑산, 바쁠 것 없으니 유유히 즐겁게 지내야 한다."

　다들 아버지의 말씀에 감동을 받아 함성을 질렀다. 누구보다 조카 녀석이 휘파람을 불어 댔고, 식구들은 저마다 자기 취향대로 소주로, 맥주로, 한 컵의 물로 건배를 올렸다.

조금 취한 상태로 기분은 좋았고 발걸음은 구름처럼 가벼웠다. 횟집을 나와 식구들을 데리고 잠시 대산읍 오지리로 향했다. 언젠가 '오지리'라는 이름 때문에 우연히 들렀다가 그 어떤 친밀감으로 인상 깊게 바라본 바다. 삼길포항에서 15분 정도밖에 걸리지 않는 오지리 벌말 앞바다는 정말 손에 쥘 듯 아주 가까운 바다였다.

바다 끝까지 가면 소나무 숲을 지나 아담한 기암괴석이 있다. 그 기암괴석 앞으로 펼쳐진 바다는 출렁거려도 시끄럽지 않았고, 내 팔로 안을 수 있을 듯 푸근하고 아늑했다.

벌말 앞바다는 아주 이쁜 포구를 끼고 흔들렸다.

가볍고 상쾌하게. 한 번, 또 한 번 흔들릴 때마다 달콤한 푸른색 주름치마처럼 이뻤다. 식구들과 바라본 바다는 더 깊고 파랬고, 바람도 한결 기분 좋게 내 마음을 새처럼 자유롭게 날아오르게 했다. 아직 상업화되지 않은 오지여서 한적하니 평화로운 포구에 머물러 조개구이 먹던 추억을 그리는 동안 꽃지 해수욕장으로 차는 달리고 있었다.

서해안을 끼고 가는 동안 내내 갈매기는 낮게 춤추고 잔잔히 물결치는 파도가 눈이 부셨다.

�֎

서두르지 않아도 괜찮단다.
씨앗을 뿌리는 사람이 걷는 속도로 걸어서 가면 된단다
— 기시다 에리코

햇빛
속의
눈부신
아이

딸이 돌 지난 지 한두 달 되었을 때다.

그날도 자전거에 애를 태우고 달렸다. 생긴 지 백년 정도 된 내 고향 (의왕시 왕송) 저수지로.

내가 보고 자란 고향 경치를 아이도 본다는 것이 기뻤다. 내 고향 땅 의왕. 그곳에 부모님이 사신다. 딸과 집에 가면 함께 묵을 수 있는 빈 방이 있다.

집은 낡고 어수선한 듯하지만 그 안에도 질서가 있다. 그리고 방은 어질러진 듯해도 깨끗하다. 낡은 거실은 푸른빛이 배어난다. 어느 해 장마 때 방수가 덜 된 벽에 곰팡이가 슬었는데, 보다 못한 내가 다 닦아

낸 후 조개껍질 가루로 된 핸디 코트를 바르고 연한 하늘빛으로 거실을 칠했다. 우리가 묵는 방도 내가 핸디 코트를 발라 그런대로 분위기 있고 정겹다. 그만큼 시간을 투자해서 공을 들였기 때문이다.

부모님 품 안이라서 그런가 고향 집에 오면 어느 때, 어느 곳에서보다 깊고 오래 잠을 잔다.

고향 집에 온 다음 날에 꼭 들르는 곳이 왕송 저수지다. 저수지 주변을 한 바퀴 도는 것만큼 생생한 자연 공부도 없다고 여기므로.

저수지 풍경을 보며 배회한다는 것만으로도 마음과 몸이 대지에 굳세게 박혀 있다는 평안을 느낀다. 기계 부속품이 떨어져 나가듯 내 몸한 부분의 떨어진 뭔가가 다시 내 속으로 들어와 비로소 안정감을 되찾은 것 같은 느낌. 이런 기분을 아이와 함께 느낀다는 건 색다르다.

안개처럼 흐려져 간 추억들을 불러낸다. 약간의 서글픔 속에서라면 괴로운 시절도 애틋하다. 그렇게 아름답고 재미있는 날들을 떠올리다 보면 인생은 참 멋진 것이라는 생각이 든다.

이런 시간은 참 더디 간다. 나는 시간에 쫓기지 않고 음미하는 기분으로 보내려고 한다.

아이와 함께 있으면 출발선에 선 기분이고 다 흘러가 버린 것이 되돌아 온다. 쓸쓸한 내 몸에서 저런 따뜻한 아이가 나오다니……. 새삼 놀라면서 찍곤 하던 아이의 사진들.

내가 특별히 애착을 느끼는 사진이 있다. 막 돌이 지난 지 얼마 안 되어 아칫거리며 걸을 때 자전거를 세워 놓고 마치 바다의 부둣가 같은 저수지 가에 애를 풀어 두었다. 그러자 저 혼자 고기 구워 먹는 가족 틈새로 걸어가더니 밥을 달라는 것이었다.

나는 신기해서 지켜만 봤다. 아저씨가 밥 한 숟가락과 나박김치 국물을 떠 먹여 주는 걸 그대로 입을 오물거리며 받아 먹는 아이.

문득 이때의 모습이 내가 전에 좋아했던 시와 오버랩되었다.

아주 미묘하고 감성적인 시를 쓰는 일본의 여성 시인 스즈키 유리이가의 시 〈모빌〉의 일부였다. 늦은 나이에 아이를 낳아 키우면서 더 가슴에 와 닿는 시다.

내가 사랑에 대해서 아무것도 모른다는 것은 아무것도 말할 수 없기 때문이다. 나는 느끼고 있다. 당신을 사랑하고 있습니다라고 말해도 언어는 나에게서 쏟아져 흘러 버린다. 그래도 혼자 있을 때에는 보이지 않고 만져지지도 않고 시간도 없는 그곳에 존재하는 것 그쪽을 향하여 반투명한 상태로 그것이 있다고 느낀다. 그것은 움직이고 있다. 내 내부의 바다나 음악의 물굽이처럼 나는 "사랑"이라고 말해 본다. 그러면 사라져 버린다.

우리는 식사를 했다. 아이가 어설픈 손놀림으로 빵에 치즈를 발라 볼이 터지도록 오물거리고 있는 모습을 본다. 당신이 커피를 젓고 있는 숟가락 소리를 듣는다. 아이가 아주 낯선 사람처럼 보인다. 우리는 바다가 눈부신 햇빛 속에서 꺼져 들 것처럼 식사를 하고 있는 것은 아닐까? 바람이 불면 우리들은 바닷가 모래밭에 아무런 발자국도 남기지 않고 사라져 버리는 것은 아닐까? 언제부터 이 아이는 우리 사이에 있는 것일까?

스즈키는 마흔여섯 살에 이 시가 실린 첫 시집으로 상을 탔다는데, 말랑말랑하고 은근하고 깊다. 이 시에서처럼 내 아이도 아주 낯설어 보였다. 그러면서 더없이 귀해 어디 포근한 바구니에 담아 몰래 들여다보고 싶었다.

아이와 함께하는 이 아름다운 시절도 어느 순간 흐릿해지리라.

우리도 지상에 남긴 발자국도 다 지워진 채 사라지리라.

⌘

어른이 되어서도 어린아이의 마음을 지니는 것,
즉 열정을 간직하는 것이 천재의 비밀이다.
– 올더스 헉슬리

몹시
가을을
타는
사람들에게

어떤 이에겐 대수롭지 않은 가을바람이 다른 이에겐 절절하게 와 닿는다. 어떤 이에겐 대수롭지 않은 노래가 나에게는 절절히 와 닿는다.

라디오에서 흘러나오는 〈와일드 이즈 더 윈드〉.

나 나름대로 해석한 노래 가사가 한 편의 시로 다가온다. 냉정하고 이성적인 사람은 어쩌면 이 노래가 시는 아니라고 할 것이다. 그래도 나는 가슴을 울렁거리게끔 하는 문학적인 향기가 조금이라도 배어 있다면 시로 생각하고 싶다. 시는 노래로 불릴 때 더 의미가 있으므로.

몸 밖으로 거친 바람 소리가 흐르고, 마음을 휘감는 노래가 조금씩 사무쳐 온다. 수증기처럼 젖어 드는 슬픔. 데이비드 보위의 목소리. 그

비장하고 아름다운 목소리.

나를 사랑해 주세요.

나로 하여금 당신과 함께

멀리 날아가게 해 주세요.

당신과 날아가고 싶은데

사랑은 바람과 같은 것이죠.

그 바람은 거칩니다.

좀 더 나를 애무해 주고

나의 갈망을 채워 주세요.

그 바람이 당신의 심장으로 날아들게 해 주세요.

바람이 거칠어요.

당신이 나를 만집니다 만돌린 소리를 듣습니다.

당신의 키스로 나의 삶은 시작됩니다.

당신은 나에게 봄입니다.

나에게 모든 것입니다.

당신은 모르시나요.

당신은 삶 그 자체라고요.

내 인생의 전부입니다.

나무에 나뭇잎이 매달린 것처럼

나에게 다가오세요 나에게서 떠나지 마세요.

우리는 바람과 같은 존재이기 때문이죠.

바람이 거칠어요.

봄으로 오는 당신. 스스로에게 모든 것인 당신은 언제나 누구나 꿈꾸는 대상일지 모른다.

지금보다 더 나이를 먹어도 할머니, 할아버지가 돼도 사랑이란 접어둘 수 없는 그리움일 텐데, 사랑의 대상을 만나기도 힘들지만 오직 사랑만을 열망하기엔 삶이 여유롭지 못하다. 그래도 이런 간절함이 밴 노래를 듣고 천천히 노랫말을 헤아리게 되면 가슴이 벅차도록 격정이 몰려온다. 이건 이 자체로 의미가 있을 것이다.

펑크 록의 개척자이자 내가 시인이라고 생각하는 이기 팝과 루 리드. 데이비드 보위는 그들과 견줄 새로운 생명력을 갖기 위해 실험적인 앨범들을 만드는 데 진력을 다한 영국 가수다. 그가 부른 이 노래는 실험성보다 대중적인 친밀감이 큰 작품이다.

팝의 세계 속의 시적 감성과 문학 속의 시적 감성이 어떻게 다를까?

그 미묘하고 절대적인 차이가 분명 있을 것이다. 그러면 몹시 가을을 타는 사람들에게 꼭 읽어 주고 싶은 시들은 뭐가 있을까.

랭보, 보들레르, 파블로 네루다, 김소월, 백석, 김수영, 신동엽 등의 시들을 꼽고 싶다.

나는 당신에게

이 뿌리 젖은

바다의 가을을 선물 받았소

포도와 같은 안개와

야생의 우아한 태양도 당신이 준 것이오

모든 고통이 잊혀지는

이 말없는 상자도 당신이 내게 준 선물이오

고통을 잊고 당신의 이마에는

즐거움의 꽃이 피어나지

이 모든 행복은 당신이 내게 준 것이오

파블로 네루다의 시 〈가을의 유서〉를 읽다 보면 유서를 쓰듯 절절하게 온 마음을 다해야 사랑임을 새삼 깨닫는다.

잉크가 아니라 피로 쓰인 시라는 네루다의 시를 읽다 보면 웬만한 시는 눈에 안 들어온다. 상상력과 감성의 크기가 꼭 신神적인 것과 연결된 것만 같다. 거대한 영혼의 울림이 느껴지는 그의 시. 그 숭엄한 삶과 사랑 앞에서 인간의 기품이나 품위를 다시 한 번 생각하게 된다. 요즘 내 생활을 콘셉트가 '기품 있게, 품위 있게'여서인지는 모르나, 아주 깊은 혼의 골짜기에서 길어 올린 듯이 기품 있는 영혼의 시가 열렬히 압도해 온다.

불행하게도 내가 그대에게 줄 것이라곤

손톱이나 눈썹밖에, 사랑으로 녹아 버린 피아노밖에 없다

또는 억수로 내 가슴에서 쏟아지는 꿈,

흑기사처럼 질주하는, 먼지투성이의 꿈

속도와 불행으로 가득 찬 꿈밖에 없다

나는 오직 입맞춤과 양귀비로,

비에 젖은 꽃다발로 그대를 사랑할 수 있을 뿐,

잿빛 말과 누런 개를 바라보면서,

나는 오직 등 위의 파도로 그대를 사랑할 수 있을 뿐

네루다는 스무 살 때, 슬픈 사랑의 시, 버림받은 남자의 노래인《스무 편의 사랑의 시와 하나의 절망의 노래》를 썼다. 그로부터 30년 지난 뒤에 쓴《사랑의 소네트》. 위의 시는 그 소네트 중 하나로 네루다 초기의 육감적이고 열정적인 사랑과 달리 '짙은 향기가 아련히 숨 쉬는' 사랑을 찬미하고 있다.

1904년 칠레에서 태어난 그는 솟구쳐 오르는 격정과 폭발적인 상상력으로 라틴 아메리카 민중의 꿈과 현실을 그려서 노벨문학상을 탔다. 가난하게 살았고, 서민적인 분위기에서 사춘기를 보냈으며, 어른이 되어 도시의 비인간화를 뼛속 깊이 체험한 그의 감각과 감성은 그 뿌리가

민중에 내리뻗을 수밖에 없었다. 그의 사랑의 대상은 그의 연인이기도 하지만 조국, 민중, 대자연이기도 하다.

아주 오랫동안 내 방엔 네루다가 세 번째 부인 마틸데 우르티아와 같이 찍은 사진이 걸려 있었다. 우르티아와 네루다가 포옹을 한 채 서로 응시하는 표정에서 끈끈하고 신비스러운 애정이 느껴지는 아름다운 사진이다.

신동엽 시인의 시집 《누가 하늘을 보았다 하는가》의 〈담배 연기처럼〉도 내가 사랑하는 시이다. 다음 시 한 수가 이 가을에 그대에게 친구처럼 동병상련해 줄지 모른다.

들길에 떠가는 담배 연기처럼
내 그리움은 흩어져 갔네

사랑하고 싶은 사람들은
많이 있었지만
멀리 놓고
나는 바라보기만
했었네
들길에 떠가는 담배 연기처럼
내 그리움은 흩어져 갔네

위해 주고 싶은 가족들은
많이 있었지만
어쩐 일인지?
멀리 놓고 생각만 하다
말았네

아, 못다한
이 안창에의 속상한
드레박질이여

사랑해 주고 싶은 사람들은
많이 있었지만
하늘은 너무 빨리
나를 손짓했네

언제이던가
이 들길 지나갈 길손이여

그대의 소매 속
향기로운 바람 드나들거든

아파 못 다한

어느 사내의 숨결이라고

가벼운 눈인사나

보내다오

    마치 자신의 죽음을 예비하고 쓴 것처럼 마음 아프게 한다. 더 많이 사랑하지 못한 슬픔이 깃을 치고, 아무 욕심도 없이 세상을 떠나겠다는 마음이 비단결처럼 스쳐 간다. 믿기 힘들 정도로 아주 가까이 느껴지는 시다. 누구나 공감할 만큼 비슷한 감정을 품을 수 있기 때문이다. 〈껍데기는 가라〉라는 시에서 보여 주는 정의롭고 민족적이고 의분에 넘치는 시인의 모습이 아니다. 서정에 가득 찬 소시민의 초상이 엿보여 시가 더 가깝다.

    유난히 가을을 타는 사람들은 랭보의 시 〈고아들을 위한 선물〉을 보면 외로움이나 쓸쓸함이 반은 줄어들 것이다. 고아원에 버려지는 아이들이 늘어 가는 세상이라 눈여겨보고 버려지는 사람들에 대해 생각해 보면 어떨까.

살을 에는 듯한 겨울의 북풍은 문간을 두드리며,

방 안에 음산한 바람을 가득히 불어 넣는다

한 차례 휘둘러 보기만 해도 무엇이 부족한지 누구나 알 수 있다

이곳에 있는 두 어린아이에게 어머니가 없는 것이다

사랑 가득한 미소로, 자랑스러운 눈빛으로 어린아이들을 지켜보는 어머

니가 없는 것이다

(중략)

아이들 몸 위에 이불을 자상하게 덮어 주는 일도 잊었단 말인가

"미안하다!"라고 한마디 말한 다음, 떠나기 전에,

새벽녘의 추위로 어린아이들이 감기 들지 않도록

문을 꼭꼭 닫아 주어 찬바람을 막아 주는 일도 하지 않았단 말인가

— 어머니의 꿈, 그보다 더 따뜻한 침구도 없을 것이다

아름다운 새들, 나뭇가지들 사이에서 몸의 균형을 잡고 있듯이

손발이 얼어 버린 어린아이들은,

아름다운 환영으로 가득 찬 감미로운 꿈을 장만한다

1854년 벨기에 국경 근처 아르덴 지방 샤를빌에서 태어난 아르투르 랭보. 그는 시와 자유의 두 여신을 열애했다. 그는 열다섯 살에 이미 놀라운 감수성과 경이로운 독창성으로 세계 문학사에 거대한 향기를 남기고, 서른 일곱의 나이에 죽어 갔다. 그의 시는 열세 살부터 열일곱 살까지 씌어졌다. 중학교 선생님의 영향을 받아 시를 쓰기 시작했다. 평범하고 비참했던 가정과 시골 생활에 대한 반항심에서 전쟁의 와중에도 문학과 혁명에 매혹됐다. 그리고 세 번이나 가출했던 경험이 부조리한

세상과 모순투성이의 삶에 눈뜨게 했을 것이다.

랭보의 시를 처음 인정한 사람은 당대 시단의 주류에 속한 폴 베를렌이었다. 그의 초청으로 온 파리에서 10년 연상인 그와 동성애로 발전해 베를렌은 신혼의 아내에게마저 등 돌리고 랭보와 방랑 생활을 했다. 서로 약물과 술로 찌들게 되면서 랭보가 결별 선언을 하자 분노한 베를렌이 총기를 들었다. 랭보는 가벼운 부상을 당하고 베를렌은 투옥돼 관계가 끝나게 된 에피소드는 이미 널리 알려져 있다.

내 알 길 없어라
쓰라린 내 마음
불안하고 미친 듯한 날갯짓으로 바다 위를 나는 까닭을

이 시처럼 베를렌의 시들은 우수에 차고, 섬세한 마음의 떨림이 무척 매력적이다. 랭보가 쓴 시들은 자서전적인 메아리였고, 그의 시는 생생하고 역동적이며 어떤 신비로운 아름다움으로 그 자신을 넘어선다. 짓눌렸던 유년기와 편집증과 정서 불안, 동성애, 힌두교와 신비주의, 마술적 요소들이 백년이 지난 지금까지 많은 사람들을 매혹시킨다.

동방의 빛이 온통 주위를 둘러싸는 나의 장엄한 거처에서 나는 나의 거대한 작품을 완성하고 나의 영광스러운 은둔 생활을 보냈다.

랭보의 어투, 감각, 스케일이 마음을 끈다. 언젠가 TV에서 세계 문화 기행을 통해 랭보를 보았다. 그가 왜 스무 살 이후에 시를 쓰지 않았느냐고 랭보 연구자에게 물었다. 잔뜩 기대했으나 그 대답은 무척 기운 빠지게 하는 것이었다. 그 당시 프랑스 문단의 주류가 아니었기에 자포자기하는 마음이었을 거라는 대답이었다.

아무리 세월이 흘러도 그런 경계선은 변하지 않나 보다. 어쨌든 서른 일곱 살에 요절한 랭보는 세계 문학사에 놀라운 감수성과 경이로운 독창성으로 거대한 향기를 남겼다.

나는 떠났지. 다 헤진 양복을 걸치고

그 찢어진 주머니에 손을 집어넣고.

시의 신이여! 나는 하늘 아래에 사는

당신의 충성스러운 신하.

오, 랄랄라. 내 얼마나 멋진 사랑을 꿈꾸었으리.

단벌 바지에 구멍이 났지

꼬마 몽상가라 길에서 운율을 훑었지

내 주막은 대웅좌 운율에 있었어

하늘에선 내 별이 부드럽게 살랑거렸지.

길가에 앉아 나는 들었지.

아름다운 구월의 멋진 저녁 소리를

이마에는

이슬방울이 떨어졌어 힘나는 술같이.

환상적인 그림자 속에서 운을 맞추며

가슴 가까이 발을 대고 나도 리라를 타듯

내 터진 구두의 구두끈을 잡아당겼지!

자정이 넘은 시각. 서늘한 바람이 불어 좋은 밤. 내가 좋아하는 랭보의 시 〈나의 방랑 생활〉을 읊조려 본다. 조금은 슬프게, 조금은 무심하게 이번 가을을 보내리라 생각하면서. 세월이란 때로 얼마나 잔혹하고 허망한가. 그나마 그 허망을 꿰뚫고 나가는 시들이 있어 이 쓸쓸한 가을이 견딜 만하다.

✂

"나는 너를 사랑한다"라는 요구 속에 모든 시와 모든 음악이 있다.
— 롤랑 바르트

시를
안
읽는
사람과
연애하고
싶을까

바람이 잘 통하는 구석방. 오후 2시.

이곳에 앉아 좋은 시를 마음에 적시는 건 어째서 이다지도 마음 편할까. 왠지 안심이 되고, 힘들고 슬픈 일이 다 녹는 기분이다. 비누 거품처럼 뭉텅뭉텅 흘러가는 시간이 무섭지만 이렇게 책 읽고 열중하는 시간은 더없이 감미롭다. 비로소 시와 연애하는 시간. 시집이라도 들지 않으면 견딜 수 없이 뜨겁고 지루한 여름날이기도 하다.

"시를 안 읽는 사람과 연애하고 싶을까? 시를 읽지 않고 어찌 인생을 알까?"라는 내 말에 가슴이 찔려 시를 읽는 친구도 봤다. 시를 좋아하고, 쓰기 시작한 건 내가 착해진다는 기분 때문이었다.

참으로 좋은 시는 감성을 키우고, 감정을 정화시키며, 상처를 치유한다는 점에서 돈과 비교할 수 없는 귀한 영적 음식이다.

언젠가 아는 분들과 식사 중에 연이어 일어나는 강력 범죄를 염려한 적 있다. 조용히 듣고 있던 한 방송국 부장님이 이렇게 말했다.

"강력 범죄는 시를 안 읽어서 생기는 거예요."

처음 뵙는 분인데도 동지를 만난 듯 반가웠다.

"어머, 시를 좋아하세요? 혹시 쓰고 계시나요?"

"우리 때는 모든 학생이 아마추어 시인이었지. 지금과 달랐어. 시를 읽고 썼어. 한번 범죄자들을 대상으로 설문 조사를 해 봐요. 자랄 때 시를 읽어 봤나, 안 읽어 봤나? 시를 접하지 못했을 거야."

같은 자리에서 한 시인 단체가 라디오 방송에서 시 한 편 읽을 때마다 저작권료를 5만 원씩 내라고 해서 시 읽는 걸 없앴다는 얘기를 들었다. 결국 프로마다 시 읽는 게 없어지고 거의 시가 흐르지 않는다……. 이것도 시에 대한 관심이 사라지는 한 이유이며, 삶이 더 힘들게 느껴지는 이유 중 하나일지 모른다. 그 시인 단체는 사려 깊게 생각해야 한다. 라디오에서 흘러나온 시를 듣고 누군가는 인생이 바뀌고, 출판 시장에 작은 활기를 불어 넣을 수도 있을 것이다.

프랑스에서는 수업 시간에 어린이들에게 시를 외우게 한다. 프랑스의 자존심이기도 한 시인 랭보 100주년 기념으로 당시 미테랑 대통령은 랭보의 시를 베껴서 편지 쓰기 운동을 펼치기도 했다.

조선 시대에는 시를 쓰고 그림과 글에 능해야 관리가 되었다. 지금 우리나라의 대통령과 고위 관리, 국회의원 중 시를 알고 즐기는 이가 몇이나 될까.

시 〈진달래꽃〉을 지은 시인의 이름을 묻자 한 젊은이가 가수 '마야'라고 대답했다고 한다. 이는 우리 국민 수준의 한 단면이다. 어떻게 국민 시인 김소월을 모르는가. 입시 위주의 얄팍하고 허술한 교육과 무식한 풍토에서 중국으로부터 역사 왜곡이나 당하는 건 이미 예견된 일인지도 모른다. 문득 미술 평론가 홍가이 씨가 한 말이 또렷하게 기억난다.

"정체성 없는 문화는 정복당한다."

이 말을 나는 지금도 깊이 새기고 있다.

아무리 불황이라도 식당에서 먹는 밥 한 끼 값이면 시집을, 두 끼 값이면 괜찮은 문화 서적을 사 볼 수 있다. 그리고 도서관도 있잖은가.

어쩌면 우리가 살아남기 위해서라도 시를 읽고, 역사, 문화, 철학 등 인문학을 소홀히 해서는 안 되리라. 반드시 세계화란 철저히 자국의 이익을 위한 정체성 강화에 애써야 한단 생각이다.

�֎

시를 읊으며 자리에 기대어 노래를 부르면
아득히 천년을 사모하는 풍취가 있다.
- 《명야사휘》 중에서

오래된
종소리

어딘가에서 발견한 글이다. 다시 읽어도 느낌이 참 좋다.

오래된 사찰의 종소리가 멈춘다
그러나 산속에서 핀 꽃들 속에서
종소리는 계속해서 흘러나온다

종교를 떠나서 사람들이 하는 일에서 왼손이 모르게 오른손이 하는
좋은 일은 주변까지 퍼져 간다는 것. 그리하여 그 일이 오래도록 아름
다운 종소리처럼 울려 퍼진다. 생각만 해도 매혹적이고 황홀하다. 어제

어린 딸을 데리고 전시장을 돌며 오래된 종소리를 계속 생각했다. 추운 날 애를 데리고 역사 박물관에서 열리는 톨스토이전을 보면서 그 오래된 종소리를 다시 만났다.

"만약 아이들이 스스로 창조하는 법을 배우지 못한다면, 살아가는 동안 그저 다른 이의 삶을 따라갈 수밖에 없을 것이다"라고 말했을 정도로 톨스토이는 교육의 주된 과제란 창조적인 인간을 키워 내는 거라고 보았다. 시대가 바뀌어도 소중한 금언은 오래 남는다.

내가 아는 시인 중에 상상력이 아주 귀엽고, 본능적이며, 자유로움이 빛나는 필립 수포가 있다.

만약 이 세상이 과자라면
바다가 검은 잉크라면
그리고 모든 나무들이 가로등이라면
우리는 뭘 마시고 살지?

그의 시 〈마실 것〉을 보더라도 겉보기에 아주 순진무구하고 소탈하고 간결하지만, 그 속에 인생 문제의 심각성이 담겨 있다. 상상력의 풍요로움으로 인해 뜻은 여러 갈래로 뻗어 나간다.

아인슈타인도 톨스토이도 상상력의 중요함을 얘기했다. 상상력이란 열린 마음과 시선이며, 말랑말랑한 꿈이 숨 쉬고 있는 성소이다.

그런데 상상력의 숨통을 막는 일이 생겼다. 역사박물관에서 부모와 아이들이 함께 즐기는 프로그램 중의 하나인 모래 놀이를 하는데 이상하게 숨이 차오르는 걸 느꼈다. 물론 내 기관지가 다른 사람보다 예민해서인지 몰라도 도우미 친구에게 부탁했다.

"저 창문 열어 잠시 환기시킬 수 없나요?"

"열어 보려고 했는데 안 열리더라고요."

전시회를 돌면서 안 거지만 환풍 시설이 제대로 안 되어 있었다. 언젠가 TV에서 산소의 중요성에 대한 다큐멘터리 프로그램을 본 적이 있어 더 심각하게 받아들여졌다. 저 환풍구 같은 것이 바로 상상력이며 가장 오랫동안 울려 나오는 종소리이기도 하다.

전시는 의미 있었지만, 전시 입장료 1만 원도 서민에게는 부담이 되는 액수이고, 태부족인 환풍 시설은 참 불만스러웠다. 얼른 그곳을 빠져나왔다. 날은 추웠고, 바람이 몹시 불었다.

택시를 타고 광화문을 지나는 길에 "국민 먹고 살 길을 찾아 줘야지, 정부는 뭐 하는 놈들인지 모르겠어"라는 말을 던지는 기사님.

불황을 겪는 서민 중에 장기를 팔면서까지 입에 풀칠하려고 하는 사람들도 있다는데, 대통령이나 여당 야당이나 지금 무엇을 먼저 할 일인지 살피지 못하고 있는 것 같다.

경제 문제 해결과 함께 삶의 결핍 속에서 견딜 수 있는 힘인 문화에 관심을 둔다면 얼마나 바람직할까. 그러기에는 정치인들이 현재 무엇이 먼저인가를 헤아리는 지혜가 모자라다는 생각이 든다.

�֍

이곳은 무엇이 아무리 많아도 결핍된 곳이어늘.

- 박상륭

당신은
이
가을에
무엇을
추구하나요

가끔 잠을 설칠 정도로 바다로 떠나고 싶어진다.

　그곳이 서해라도 좋고, 동해라도 좋다. 서로가 그리워하는 둘만의 밤. 밤바람을 마시며 너무나 조용한 도로를 차들이 거칠게 몰아가는 밤. 어둠이 그 혼란스러운 낮의 세계를 다 덮어 버려 더없이 아름다운 밤. 차가 120킬로미터 가까이 달릴 때 위험한 스피드에 몸을 맡긴 채, 위험한 스피드가 두려워 다시 속도를 줄이고, 휴, 하고 큰 숨을 쉬며, 이보다 근사한 휴식은 없을 거야라고 중얼거리며 행복해 할 때.

　그런 날을 위해 바다 사진을 마련해 둔다.

　바다 사진은 원하는 대로 찍혀지지 않아도 좋다.

흐리고 어두운 구름 그림자가 바다 저편으로 기울었다. 그 아련한 구름도 좋다.

바닷가에 흐르는 소금 냄새, 바람 냄새, 간간이 삶의 한숨과 웃음이 담담한 듯 여유롭게 흘렀다. 어떻게 거칠고 드센 바다가 시끄럽지 않은 여운을 줄 수 있을까.

상상만 해도 좋다.

늘 꿈꾸며 살았는데, 그동안 살아온 생에서 그 꿈을 이룬 시간이 얼마나 될까. 분명 그런 순간이 있었는데, 흐릿하다. 이미 지난날은 흐릿해져서 꿈이 더 강해지나 보다.

한 구절이 떠오른다.

"사람이란 자기가 준 만큼 돌려주지 않으면 언젠가는 반드시 떠나는 법이니까."

맞는 얘기다…. 사랑뿐만이 아니리라. 세상의 이치가 그럴 것이다.

그래서 있는 힘을 다해 일하고 사랑하는 것이리라.

참 이쁜 가을이다. 친한 사람들… 애인, 아니면 친구와 어디론가 떠나고 싶은 가을.

한 잔의 가을, 받으시라.

그 가을을 맘껏 마시며 누구나 있는 힘껏 사람이든 사물이든 사랑하시라. 어느 계절보다 흐르는 세월이 절절할 때. 이 계절을 천천히 음미하면 어떨까.

아프기만 하지는 않을 것이다.

그리운 누군가가 있다면 그것으로 당신의 삶은 의미 있으리라.

가을에 누군가 간절히 불러 보고 싶다면······.

✳

바꿀 수 있는 것은 바꿀 능력을 주시고,

바꿀 수 없는 것은 그대로 받아들일 수 있는 유연함을 주시고,

이 둘을 구별할 예지를 주시옵소서.

– 어느 성자의 기도문

내가
예순 넷이
되면

라디오에서 막 비틀즈의 노래가 주스처럼 쏟아져 나왔다.

〈내가 예순넷이 되면〉이 맑고 이쁜 가락을 타고 내 몸에 스며들었다.

내가 예순넷이 되면 어떤 모습일까. 무슨 생각을 하며 지낼까.

홀로 우울과 슬픔 속에 지내는 건 아니겠지. 절대 그렇게 되지는 않으리라.

홀로 남겨지거나 열정의 문이 닫히지 않게 내 마음과 주변에 언제나 사랑이 머물도록 기도하며 사랑을 실천하리라.

작업에서든 생활에서든 열렬히 내 꿈과 마음을 표현하리라.

지금부터 오랜 세월이 지나

내가 나이 들어 머리가 빠진다면

그때도 당신은 밸런타인데이 선물을 보내고

생일 때도 와인을 보내 줄 건가요.

내 나이 예순넷이 되어도

그때도 당신을 나를 필요로 하고 날 돌봐 줄 건가요.

스마트한 비틀즈의 목소리에 담긴 노래 가사는 남녀간의 사랑을 다루었다.

그때쯤이면 더불어 사는 삶의 아름다움을 더욱 진하게 느끼겠지. 우정이든 사랑이든 애정을 보다 적극적으로 나누는 사람이 되어 있으리라.

비틀즈의 노래가 '천재의 미학이 아닌 땀의 미학'이라는 진행자의 고운 목소리가 들렸다. 그러나 나는 깜빡 잠이 들었다. 길어야 15분 정도 잤을 것이다.

찬밥에 물을 붓고 끓이던 중 코끝을 진동하는 시커먼 냄새. 잠에서 깨어보니 아까운 밥이 다 타고 말았다. 요즘처럼 결식아동이 넘치고, 북한 주민이 굶주려 죽는 때 밥을 태우다니. 미안했다. 밥을 태웠다는 것이 부끄러웠다.

창밖 건물 사이로 멋진 구름이 흘러가고, 화단가에 널어 둔 빨래들이 펄럭인다. 내 얼굴에 와 닿는 봄바람이 간지러웠다

가만가만 눈을 감고 생각했다.

언제나 마음이 가뿐하고 따사롭기를 나는 바랐다.

나이를 먹어도 살림살이는 봄바람처럼.

※

슬기로운 사람은 젊어지기를 원하지 않는다.
그것은 그들의 영혼이 어린아이처럼 맑고
결코 나이를 먹지 않기 때문이다
- 윈스턴 처칠

인생에서
핵심만
생각하자

"행복은 벽돌을 부드러운 버터로 만드는 일이야."

이렇게 내가 말하자, 친구가 문밖에서 벽돌 비슷한 돌을 가져왔다.

그런 후 탁자 위에 회색빛의 돌을 올려놓았다. 그 돌은 아주 고집스럽고 단단해서 고인돌처럼 5천 년이 넘도록 변하지 않게 보였다.

"이 돌을 버터로 만들어봐."

그러더니 친구는 돌처럼 입을 꽉 다물고 침묵하는 것이다. 나는 말을 더듬었다.

"으응, 내가 아직 행복하지 않아서."

"친구와 있는데도 행복하지 않단 말야. 버터가 벽돌이 되길 바라는 게 더 빠르겠다."

나는 호박꽃처럼 웃으며 말했다.

"하하, 그게 그거 아니냐. 버터가 벽돌 되는 거나, 벽돌이 버터되는 거나?"

하지만 버터가 벽돌처럼 딱딱하게 되는 건 간단하다. 냉장고 보존만 잘 되면. 하지만 벽돌을 버터처럼 부드럽게 만드는 일은 어렵다. 그만큼 불가능한 것을 가능하게 하려니 얼마나 힘든 것인지.

환경오염으로 남극, 북극이 녹는다, 지진과 해일로, 전쟁과 테러로 셀 수도 없는 사람들이 죽고, 자살인구가 늘고 있다. 여기서 중요한 게 있다. 쓸데 없는 에너지 소모되는 일을 없어야만 한다.

어떻든 인생의 쓸데없는 괴로움들은 줄여야만 한다. 그러기 위해서는 우리가 좀 더 성숙해지고 행복해지길 바란다. 타인을 인정하고, 만사 흘러가는 대로 온전히 받아들이면 삶은 꽤 좋아진다. 나는 헤매는 나에게, 망설이는 인생의 후배들에게 당부한다.

인생에서 핵심만 생각하자

우리의 인생이 얼마나 남았을까. 행복할 시간도 많지 않다.

아낌없이 사랑해도 시간은 모자르다.

그래, 인생에서 핵심만 생각하자.

서로 편안하게 배려하고 좋은 일만 꿈꾸고 사랑하자.

서로 가장 자유롭고 행복하게 살도록 따뜻이 바라보고 격려해 주자.

사랑 하나는 지나가도 우리는 삶을 계속된다.

우리는 끝없이 그립고 외로운 존재이므로 또 다른 사랑이 나타나면 온 가슴으로 맞이하자.

이제 모든 게 전보다 좋아질 시간.

작고 연두빛 싹을 틔울 듯 싱그러운 시간이다.

조금은 쓸쓸해도 찬란한 시간.

✿

내면세계는 놀랍고 풍요로운 것입니다.
나와 가까운 사람들을 이해하고 제대로 알면 알수록
내 삶은 더욱 의미있는 것이 되어갑니다.
이 진리를 발견하기 위해 얼마나 많은 시간을 허비했던가요
- 우조티카

나는 나에게로 돌아간다

– 신현림, 《세기말 블루스》

그때 책이 가득 든 가방이 있었고
낙서판 같은 탁자마다 술이 넘쳐 흘렀네
괜찮은 사내며 계집이며
가까워질수록 잃을까 불안한 심정이며
시대가 혼란스럽고 취직이 힘들수록
쟁기처럼 단단해져야 할 마음이며
'아침이슬'과 미칠듯이 파고드는 러시아 민요
'검은 눈동자'를 들으며 몸 저리게 서러웠네

세월의 징검돌을 밟고
그들은 내 곁을 스쳐갔네
다시 칠 년 다시
소독약보다 지독한 시간이여

청춘의 횃불이 꺼져간다
괴로워야 할 치욕도 상처의 저수지도 잊어가고
우리의 숙명인 열정도 식어간다
근근이 살아가는 고달픔이란,
너는 허기져 삽살개를 참쌀개로 헛발음하고
시계 사준다는 말이
나는 시체 사준다는 말로 들리고

혼자가 싫어 드라큐라라도 함께 있고픈 주말
사나운 날씨를 못 견뎌 헤매는 오후 네 시
울지 않으려고 웃으면서
나는 나에게로 돌아간다

서른, 나는 나에게로 돌아간다

초판 1쇄 인쇄 2012년 12월 20일   초판 1쇄 발행 2013년 1월 3일

지은이 신현림   펴낸이 연준혁

편집2팀
책임편집 박경아   디자인 하은혜
제작 이재승

펴낸곳 (주)위즈덤하우스   출판등록 2000년 5월 23일 제13-1071호
주소 (410-380) 경기도 고양시 일산동구 장항동 846번지 센트럴프라자 6층
전화 031) 936-4000   팩스 031) 903-3891
전자우편 wisdom7@wisdomhouse.co.kr   홈페이지 www.wisdomhouse.co.kr
종이 월드페이퍼   인쇄·제본 현문

값 13,000원   ISBN 978-89-5913-715-2 03810

국립중앙도서관 출판시도서목록(CIP)

서른, 나는 나에게로 돌아간다 / 신현림 지음.
— 고양 : 위즈덤하우스, 2013
p. ;   cm
ISBN 978-89-5913-715-2 03810 : ₩13000

한국 현대 수필[韓國現代隨筆]

814.62-KDC5
895.744-DDC21   CIP2012005941